Bebo chá
enquanto os patos grasnam

LEIDA LUSMAR

Bebo chá enquanto os patos grasnam

MAZZA
edições

Diagramação e composição eletrônica
Elizabeth Miranda

Capa
Túlio Oliveira,
sobre a obra: "A criação de Adão", de Michelângelo

Revisão
Ordália da C. Pires Araújo

Lusmar, Leida.
L971b Bebo chá enquanto os patos grasnam / Leida Lusmar. – Belo Horizonte : Mazza Edições, 2003.
136 p.

1.Literatura brasileira. I. Título.

CDD: B869.
CDU: 869.0(81)

Mazza Edições Ltda.
Rua Bragança, 101 – Bairro Pompéia – *Telefax:* (31) 3481-0591
30280-410 Belo Horizonte – MG
E-mail: edmazza@uai.com.br

Impressão e acabamento: Yangraf Gráfica e Editora

Sumário

APRESENTAÇÃO

"Algo que é misterioso e informe,
antes que o céu e a terra existissem
já existia,
silencioso, imóvel, vazio,
pleno em si mesmo, imutável,
circulando eternamente
através dos tempos e espaços,
incansável,
a Grandeza, a Fonte Borbulhante,
é a Mãe imortal de todo o universo."
Lao Tse

Este livro não tem objetivos. Não tem motivo próprio. Veio como as flores vêm, como a chuva cai, como faz calor. Nasceu assim, assim ficou. O que nele há não se refere a nenhuma vida em particular: lembra a minha, a sua, a do rei, a do plantador. Cada um lhe dará o significado que quiser ou poderá facilmente se encontrar em algumas de suas histórias, porque falando em um, ele fala em todos, UM SÓ que somos.

Sem medo, revela a culpa, o expurgo, o cabresto, a mordaça, o adiamento sem fim, o desconhecimento espiritual que nos maltrata, um ou outro pedido de socorro, e as duas faltas – nossos retratos – sempre envolvidas em transtornos.

É apenas uma brincadeira de jogar luz dentro, justamente onde não gostamos de claridade, o que, em princípio, mostra-se contraditório, pois, ao percorrer o caminho que leva à felicidade – desejo que nos move –, temos obrigatoriamente que passar por nós mesmos. E isso não é assim tão ruim: terapias, amigos, Mestres, inimigos, natureza, cachorro, guarda-chuva, tudo nos ensina quando estamos dispostos a aprender.

Sua característica maior é rir das próprias palavras, o que pode, já que se vê simplesmente como é: um desdobramento da manifestação da Vida, realizando-Se a Si mesma, mistério além da nossa compreensão. Ainda estamos tão presos às personalidades e aparências terrenas que nos consideramos donos absolutos de nossos trabalhos e dons. Singelo engano. E atenção: isso não significa, em hipótese alguma, me esquivar da responsabilidade da tarefa. Claro que minha parte foi feita: fui eu quem pôs a casca nos ovos. Então, o que quero deixar claro é que SE e ONDE for encontrado algo BOM, algo BELO, dêem-lhes os créditos corretos, não me pertencem.

Como São João, sou apenas uma voz clamando no deserto, no deserto de mim mesma, preciso esclarecer. Entretanto não perco a esperança e ela aparece aqui, legível ou nas entrelinhas, da primeira à última página.

Contentes ou não com o que nos acontece, a experiência de viver nos espera sem adiamentos. Tanto quanto possível, mais ainda se impossível, estejamos conscientes, alertas, caladamente observadores de nossa existência, independentemente do que pareça nos oprimir. Porque uma coisa não se nega: estamos aqui para viver a NOSSA VIDA, ESTA VIDA, A ÚNICA QUE HÁ DE SER VIVIDA NESTE EXATO INSTANTE.

Em tempo: Deus não tem prediletos.

Leida Lusmar

Vinte e uma e quarenta e cinco no relógio amarelo

E ele falou que eu precisava marcar o que queria, que o barco não navega sem destino. Assim, desse jeito comum, insípido. Banal demais, ele, desprovido de supérfluos, entretanto dou-lhe ouvidos, talvez por isso.

Chove há praticamente cinco dias. Que o outro tem mil bocas, digo eu e digo mais: preciso dele para todo o sempre, ainda.

No dicionário, dependência se atraca a sujeição; eu me atraco à incompetência de não me poder sozinha. Povoam minha história multidões, mantendo ou não minha cabeça de avestruz enfiada na areia.

Uma goteira bate numa lata: pof... pof...

CHOVE AINDA, VINTE E UMA E CINQÜENTA E UM

E não há que se empreender feroz batalha definitiva: há que estar o pé no caminho. E, como na história do lobo e o cordeiro, ele sempre arranjará um bom motivo para me interditar e desmerecer, a mim, sua ovelha.

Se os diabos de dentro mais perigosos que os de fora nos costumam ser, melhor sabê-los próximos e enxergá-los – aconselhou-me ele entre risadas; eu ri também, enviesado. Tudo esperei de sua parte, tudo esperei que me fizesse ver – meus venenos mortais, minha ingrisia enfadonha –, nunca, no entanto, que me escancarasse o próprio diabo, o meu!

Duas minhas grandes paixões. A maior: libertação.

Terceira sessão: opções

Quando optar por um caminho, não fique olhando para o outro como se estivesse arrependida, como se sofresse de estrabismo, decida e vá, se necessário vá, mesmo gritando vá!, disse-me o pai do moço, compadecido de minha dificuldade em deixar o pior. Quando optar por um caminho, pelo amor de Deus, dona, vá!

Um sofá de três lugares, barulho de serraria, sala do Serviço Social, longe do resto do mundo (sentimento), no meio de uma estapafúrdia de uma idolatria (localização).

Quero falar de coisas tristes não; falo de amenas, certo?

Crítica de artes

O boletim escolar exibe as notas máximas, a moça recusa o diagnóstico médico, a carta de aviso demite o mais moço que tem um filho e meio, tudo concomitante e definitivamente. Lições duríssimas, salvo a primeira, suponho.

Pior face da ociosidade é o convívio com os desejos. Mais hora disponível, mais quero. Vovô previu isso há algumas décadas quando comentou com minha avó que a geração dela, em dois tempos, ia reduzir a cana sumariamente a palha e bagaço.

Em Hong Kong aprisionam aves-do-paraíso para vender aos passantes. Alto preço pela ave para que não voe mais. Por aqui também se praticam estragos medonhos.

Ingrata lida: não mostro obra, exponho autores.

Primeiros passos

Do meu colchão, o relevo na telha *CERÂMICA PARAMINENSE* meio apagado ainda leio. Um cartaz seguro: múltipla e eficaz, utilitária, burro de carga, esquecida da própria identidade.

O povo antigo afirmava: quem fala muito dá bom-dia a cavalo. Quem fala muito pronuncia mal as sílabas e ainda come o final da frase, tamanha a ânsia de manter consigo o achado raro nomeado ouvinte.

Em cima do fino fio à beira do canteiro me equilibro e passeio, falando mais que o indispensável, enquanto acho a vida fragilíssima, fragilíssimo nosso encanto.

Pedaço de fé não move montanha, quando muito, move lentamente o pé. Pedaço de fé resolve pouco, fiapo de consciência resolve pouco, penso que resolvem o grosso, porém comece, persevere em começar. Eu ia dizer outra coisa e disse essa. Eu ia dizer: e de súbito as folhas brotam, brotam as folhas, as flores, os frutos, os bichos, as crianças pequeninas, adultinhas e velhinhas, de súbito as coisas brotam – de súbito coisa nenhuma! –, após lentos e longos processos, metamorfoses, movimentos, reações químicas e físicas, o que brota vem brotando invisível na surdina, há milênios e milênios vem surgindo, por isso comece, meu filho, comece...

Comece, que a grande mudança se avizinha...

Imaginário

Fiquei em dúvida se escrevia *a* ou *à*: *Respondeu a* ou *Respondeu à*. Falta esclarecer ainda, contudo gostei do jeito dela demarcando gostos:

– Verde por verde, escolho o mais torto.

Ajuda-me, Senhor, a ver o que é; digo ver como quem pede "segura minhas pernas bambas, pois fiquei sem apoio, chão, ombro e ouvidos. Dá-me um prazo, necessito de tempo para retornar ao comando de minha pessoa."

Atrás de todo mal há um bem disposto. Atrás de todo bem há um mal encalhado pronto para ser assumido.

Tira os olhos do papel e olha à frente, faz como eu. A sombra da árvore alta me assusta a todo o instante, parece gente mexendo e há mais ninguém aqui, ninguém mais, que eu saiba...

Fazendo, se faz

Acontecem milhares de momentos mágicos quando estamos sós.

Certa vez, uma jararacuçu do papo amarelo atravessou meu caminho indo pro galinheiro. Gritei:

– Meu Deus! Meu Deus!

A coragem é feita de pedras pequenas.

Calor

E quero perto de mim o que me afirma que o sonho é possível, que a atenção não é inútil, que é melhor acordar que dormir, que vale a pena não querer mesmo o mais puro desejo; que, seja qual for o motivo, é preferível tecer os fios da teia onde morreremos para nós mesmos a perseguir a fonte da eterna juventude; quero asas internas, não a pele adolescente; quero o brilho dos olhos de quem viu o Sol por dentro e nunca mais teve outro gosto; o Sobrenome do Pai, isso é o que eu quero; o Seu manto protetor, que tantas vezes me aqueceu e hoje pousa nos meus ombros, eu o peço para sempre; na Antártida estive muitas vezes, não teve um dia de gelo...

Ogiva de Galton

E as árvores serão poucas para a nossa sede de móveis, de papel, de casas frescas com telhado aconchegante, pra nossa sede de carvão, ah! de carvão!, pras nossas caldeiras pegando fogo e nossos altos-fornos!

E serão poucos os ares frescos, o verde se transformará em outra cor, em que cor outra se transformará? Em cinza-escuro, em cinza retorcido e seco provavelmente se transformará.

Chamei os passarinhos pra morarem em minha casa. Disseram:

– Aí, não.

Teimei:

– Pobrezinhos, não sabem o que falam, seu destino está traçado, um deserto.

Não acreditaram.

– Vão enfrentar? Vão enfrentar?

Assustados com o tom de minha voz, se dispersaram e alcançaram uma árvore ao longe, aleijada, desnutrida, parcialmente desgalhada, inofensiva aos fios de eletricidade – quem quer viver sem eletricidade? Eu não! Eu não!

E serão poucas as terras férteis pra reter nosso veneno que se estenderá aos ares, fatalmente aos ares, densos ares se tornando. E nossas melhores guerras serão travadas aqui mesmo – não interna; externamente – neste imenso planeta agora cinza-terra. E quem vai se importar com sua estranha veste? Eu não! Eu não!

Cinzas, cinzas viraremos.

Mas, por que tanto alvoroço em torno de um simples troço? Disso já sabíamos há eras!!! e nada fizemos, nada, nada, nada! Ou fizemos?

Queremos luzes, vastas áreas, mais espaço, muitas festas – para mim; pro outro, menos –, objetos e objetos, belos metálicos objetos que nos conduzam à praça. A praça fica no centro. Centro de quem? Quem tem centro?

E serão poucos os homens que mereçam o nome da espécie.

Bico-de-pena

No início, não passou de uma ousadia. Recusei o pensamento. Mais tarde, quando todos se foram, risquei melhor o rascunho, tomei a fresca, colhi a flor na roseira, peguei a pequena nos braços.

Ele perguntou:

– O que foi que aconteceu?

Respondi:

– Estava perdida e continuo.

– Então, por que não caminha mais um pouco enquanto o tempo apura o gosto?

Fruta guardada perde o sabor. Melhor virar sobremesa.

Prudência

Os compridos seis quilômetros que percorri pela primeira vez a pé, ininterruptamente, me trouxeram uma dor estranha nos três dedos menores do pé direito, uma torção no ligamento entre o fêmur e o quadril, um leve latejo na cabeça, mais o afloramento de um antigo problema no joelho.

Podia falar: hoje já não sinto tanto, ando os mesmos seis e meio e as juntas e a cabeça doem raramente. Em compensação, vou dizer nada mais nada menos que alguém deve afirmar-se vencedor e herói quando, avistando ouro, contém sua loucura pra apossar-se dele, procura primeiro o Dono das terras, a mina leva a Ele, mas nessa estrada pode-se perder, nessa estrada perde-se fácil, por qualquer pretexto, até quem se tem por mais sábio, até quem me deixa para trás na caminhada, até os preferidos do Senhor tomam cuidado extremo.

Sabático

Meu patrão mandou-me embora, meu amor se despediu, meu tio chamou-me do lado e não ouvi palavras muito amenas, na época achei. Arranjei minha trouxa: uma caneca, uma rota, uma canoa, um remo.

Faz mais de dez anos. Andei, chorei, busquei, tenho um filho. A grama cresce em volta de mim, solto papagaio. Se não nos matamos, a vida sempre nos aplaude novamente ou nos inclui em outra peça. Vez ou outra, com tentação me soprando desespero, caía os joelhos em terra atrás de socorro:

– Sou eterna ou posso morrer assim à míngua?

E ouvia:

– Cale a boca, menina! Não se faça de tola!

Hoje já não pergunto tais coisas tão claras. Fico andando pela mata verde atrás de pedras de todas as cores, pisando em regatos rasos, anotando tudo o que ouço e o que não ouço são mais verdades.

– Ria! Ria! Ria! Ria!

– Rá, rá, rá! Rá, rá! De quê?

– Diiiquêêê?

Tenho três estações calmas e uma propícia à tentação. O meu maior consolo é que o diabo é louro, mas só persegue na primavera quando vem de férias e chega belo, sentencioso: Venha, venha, vamos, ande! O resto se dane!

A graça da vida ecoa por todos os átomos e dedos. O triste só pode ser surdo.

Perguntação

– Com quantos paus se faz uma canoa? Treze? Dezessete? Vinte e cinco?

– Você é ingênuo? Biruta? Babaca? Retraído? Com o rei na barriga? Estouvado? Tem olho grande? Olho gordo? Ou o quê? Quem é que sabe?

Eu falo sobre o que não sei. Sobre o que sei, não gosto nem de tocar no assunto.

Poesia e artefatos

Escrevo uma metáfora e tiro a poeira dos móveis. Uma carta pode ser ditada assim: bom começo, meio e atenciosamente. A cada ganho percebo o quanto em troca padeci. Desapega-te dos resultados, desapega-te.

E ele reclama que se vai o dia, o dia cheio, e ela lhe ensina a ter paciência; o outro explode a caixa de correio com foguinhos de artifício e ela me chama nervosa e aflita; e o primeiro abandona o trabalho desconcentrado, enquanto faço sinal com os dedos que vou lá, embora qualquer ação se faça agora desnecessária, a não ser o pagamento a quem me vendeu algo e um telefonema que prometi a mim mesma cumprir antes que adie novamente a incumbência desagradável.

Na flor do camarão vi alguma coisa, parece um beija-flor, parece um rastro vago, vi de passagem, parece um movimento, pensei num gesto rápido, sem ele a vida passa sem nenhum progresso, sem ele – o movimento – presume-se que a criatura cumpra o seu destino sem recuar milímetro ou avançar um palmo no que lhe é desígnio providencial, situa-se onde está, é tomado ou entrega-se e, seja qual for o caso, vale ver por que causa. A causa é que desencadeia a armadilha; a causa: poderosa proprietária do sujeito.

Lá e aqui: um lugar só

Risco meus sonhos assim: original em baixo, papel de seda em cima, copio. Quanto menos procuro o para quê, melhor o traço.

Há anos que assisto ao seu programa, todas as quartas-feiras, você ensinando a gente a ser feliz, de mil modos, claro, e quando acaba – um pouco antes das quatro –, passo as mãos pelo meu rosto, me levanto e dou uma volta na calçada para ver quem passa. Alguns passam.

Alguns passam, alguns ficam. Por sinal, pouca gente nesta quarta.

A Conceição falou assim:

– Quem se foi não voltou pra contar como é que é lá em cima.

A que o Altino retrucou:

– Voltar não voltou, mas de lá eles ditam.

Eu, de minha parte, achei melhor me excluir da matéria, limitando-me a escutar o que diziam, ponto a ponto, letra a letra, enquanto seguia agachada na limpeza da minha horta, quase tudo coberto de mato, tampado de mato, canteiro inteiro, até a maria-sem-vergonha sumiu por baixo dele.

Homenagem

Mãe, preciso de você como de água, depois me deixe. Preciso de você em certas horas muito; noutras, menos, menos, mãe, me entenda, mãe, senão me dá um bruto sentimento de culpa, uma culpa terrível!

Meu quarto é de frente pra rua, janela fechada pra não entrar poeira, e onde se impede a entrada da poeira, também não circula ar novo.

Mariana atravessava a cidade indo torrar farinha nas casas dos outros. Mexia doces, sabão de esquadra no calor da fornalha e tirava seu sustento. Mariana tinha um problema na coluna e andava quase dobrada ao meio.

Tem gente que anda em pé, reclama da vida e ainda faz careta, Mariana, e diz que esse direito ninguém lhe tira – ninguém! –, por mais que eu tente, Mariana, eu vou te falar, eu tentei!

Elefantes indianos

sem sono
sem uma palavra
(hoje quero falar nada)
sem um ruído
(pela janela vejo flores)
diferente o tom de lilás
até bonito
mostro o cartão que ganhei:
um elefante indiano – tão intrigante! –
eu
ele também
os dois são elefantes

– Seja leve e engraçado, por favor. Preciso mais rir que refletir.

Argila e vacuidade

O que me altera é tanta coisa que me impossibilita descrever em listagem: o calendário, o relógio, o elogio, a despedida e o quanto mais se me inscreva e obtenha um nome.

Criatura suscetível, moldável por excelência, um dia grito.

– Grita, não, moça! Serve o gelo, que a bebida quente causa desprazer ao corpo.

Meu corpo reza assim: "Dá-me saúde, Senhor, pra que eu possa conduzir esta criatura até ao monte de seu calvário com um sorriso nos lábios, que Deus foi tão bom pra ela que a livrou da cruz eterna."

Duas faltas se encontraram. Disse a primeira:

– Não sei o que faço da minha vida tão vazia.

Respondeu a segunda, dando o assunto por encerrado:

– Faça como todas nós, finja ter descoberto seu sentido.

– Ah, isso não! Isso não! – reagiu a primeira.

O relógio eletrônico pulsa os segundos num pisca-pisca hipnótico: TUM-tum, TUM-tum, TUM-tum... Eu me esqueço das horas, abandono o tempo e fico alheia ao fato exato de que vim e irei, cada momento faz parte do que lhe segue extingüindo-se o término, duas faltas se encontraram e houve um vazio tão estupendo, uma tão completa e extraordinária explosão da mais pura ausência, que todo o restante imediato desejou fazer parte, suplicou abertamente. Eu disse:

– Fiquem à vontade.

E acrescentei:

– Se acharem melhor, ausentem-se também. Há vácuo para todos.

Verso troncho

Eu gosto de verso triste, expliquei a ele, não tipo angústia delirante com desgosto demais: gosto do triste sereno. Um ar de longe, esmaecido, dor que não revela a fonte. Gosto de verso contando mais que história: rainha tira a faixa, deita a cabeça e chora, ninguém entende.

Eu falo baixo, desejo pouco, cruzo meus pés esperando o moço terminar de falar pra eu ouvir o jornal das oito, não gosto de novela.

Eu gosto é de verso espantoso, expliquei a ele, um verso de ler duas vezes, dá um susto, o outro também sente. Eu sinto não, falou ele, eu gosto de verso alegre.

Verso pra mim tem que ter profundidade de oceano, falei de novo. Eu pego a roupa no armário, escolho a melhor, experimento, guardo de novo. Eu quero a vida mais bela. Minha vida ficou feia, expliquei a ele, muito feia, muito feia. Eu quero colares, muitos colares, tantos, que me pesem o pescoço, quero roupas enfeitadas, quero danças, quero risos, quero girar em seus braços, quero um céu azul mais forte, e esta tristeza infinita vai comigo até que não me faça mais falta de maneira alguma!

Eu quero a vida mais doce e outra coisa: também o final dos tempos, não o final de nós todos porque não teremos final. Eu quero a vida mais doce, me leva, Deus, para longe, me leva, Deus, para perto, só Ele sabe aonde deve me levar.

Eu quero a vida mais doce, eu quero a vida mais bela, expliquei a ele, não chore não, homem, por que chora? Eu quero a vida mais bela, apenas.

Na bica

Todos querem falar sobre. Bocas, bocas, escumareis sem pensar, isso até quando?

Um girassol nasceu no campo. Crescia forte, voltado ao sol. Pobre coitado do girassol! Virou semente pra maritaca. (Pobre coitado é do meu ego frágil, sem sustentáculos, exposto a toda a sorte de ameaças!)

Quando ele resolveu me dispensar atenção, achei que era hora de pôr os pingos nos is, mas não era ainda. Só deu mesmo pra se lavar um pouco da roupa suja que se deve lavar em casa, o que ele sempre me diz, porque costumo lavar umas peças lá fora...

Auto-impulso: conversão

Na festa da sexta-feira, uma moça, pretextando cansaço, sentou-se sozinha num canto da sala e deixou-se cair ali intocada. Ouviu o homem magro contando vantagens, a mulher gloriando os filhos, os prós e os contras acerca da última lista de demissão no trabalho, as risadas em cascata por outro motivo, não se apegando mentalmente a nenhuma das conversas.

Alguém lhe ofereceu um refrigerante e ela aceitou, também aceitou biscoitos *cream cracker* com patê e azeitonas, agradecendo amavelmente, tudo com gestos muito calmos e assistidos.

A moça respondeu vagamente a dois ou três comentários de alguns que a julgaram isolada e estranha, continuando estática junto a todos e praticamente a sós com ela.

Assim ficou horas e horas – desde as 18h30 –, perplexa, testemunhando a si mesma, ao arsenal interno, ao vai-e-vem dos pensamentos, ao muda de um para outro por uma conexão qualquer, à falta de sentido, tudo isso pela primeira vez.

Por isso, quando voltou para casa já passando da meia-noite e entrou em seu apartamento silencioso e vazio, percebeu pouquíssima diferença, nenhuma realmente: o barulho interno prosseguia em seu processo interminável, persistia sua mente no eterno palavrório, apenas, agora, havia um início de sede e um lampejo de sono chegando.

Acréscimos

E a vida só vale a pena se houver um passo à frente, até chegar ao risco do nada querer, absolutamente. Uma descoberta profunda: a dor, a dor, a dor e o êxtase.

E a vida só vale a pena se acontecer um passo adiante, sair do lugar. Que é a vida – nos olhou – senão um piscar de olhos?

Nem semente nem caroço, apenas a lua cheia e eu pensando em teu rosto, um rosto assim como outros, somente que luminoso.

(Quando ele se foi, rara gente percebeu: o mundo ficou mais escuro.)

Incursão

Quando mostrei minha primeira folha a Pedro, ele disse:

– Olha, capim cresce onde a terra é menos quente.

Com isso, ele quis lembrar o óbvio: pra toda fé há um crente. Era moda naquela época exclamar: Mas, como?! – Foi o que fiz.

Minha mãe declamava "Passa boi, passa boiada..." e eu dormia feito criança dorme, sem arrastar comigo o rabo das circunstâncias. Hoje, a peleja é outra: faço tudo para escapulir da inconsciência e a vida parece contra.

– Quem somos? Quem somos? – alguns se perguntam em estranha prece.

– Quem sou eu? Quem sou eu? – também a mim chamei, chamei, até que o soube.

Sabendo quem sei que sou, hoje sou a espera. Sendo o que se é, acha-se gosto e é leve, puro, doce, néctar o trago.

Lições de verão

No verão, as andorinhas chegam, e porque chegam as andorinhas tive minha preguiça exposta em público e fui vítima de conselhos.

Ouvi comedidamente cada apóstrofe com que ela me brindou na hora, minha educação de berço me ninando: permaneça calma, o que lhe custa ouvir calada?, evite respostas mesquinhas...

Conselho é peça sobeja, soberba, em tabuleiro completo. O mais das vezes se excede.

Eu fiz que aceitava e achava divertida a situação tentando reduzir o mal-estar que me atingiu da assimetria: ela, em cima, soberana; eu, atarracada ao nível baixo, uma desigualdade péssima.

Quando aprendi, não fiz. E, porque não fiz, continuei na mesmíssima dificuldade, o que havia pra se consertar continuou errado e eivado de vícios. Me ensine de outra forma. Me ensine sem apontar minha ignorância, de uma maneira que eu não perceba que fui tola até agora, dispense esse pedaço.

No próximo verão retornam as andorinhas, e porque retornam as andorinhas provavelmente estarei fazendo o que fiz antes, ouvindo o que ouvi antes, o mesmo tom de sarcasmo, só que agora, atolada em maturidade, ouvirei palavra por palavra pasmadamente calma. E você, quanto a você, se quer ser luz como quer, cuide de não pisar naquele que se vira em sua direção para aprender. Vá devagar. Vá com delicadeza.

Pra quem é bom ser só

Ser sozinho é sumamente perfeito, absoluto, pleno, varanda virada pro nascente, acolhedor, cheio, dá conta de si em meio alheio e a sós.

A moça da janela alta do apartamento pra cima do meu suspira o tempo perdido solitariamente. Nas contas dela, só com mais um dá lucro.

No meio do pasto com alguns hectares, uma única árvore, uma sucupira, todo o gado caminha pra sua sombra na hora do sol forte, e não venha me dizer que isso qualquer um faria, não me venha, estou me referindo à única árvore, à sucupira, esqueça o rebanho que quer sombra, o que ele quer sabemos, olhe para a única árvore no descampado ardente, que dá sombra, e sombra boa...

Cala-te, boca!

Duas faltas se encontraram. A primeira tinha motivos de sobra pra se entristecer; a segunda, não; a segunda, não; entretanto foi a que mais se lamentou e o tempo todo falava.

– Eu sei – esclareceu a segunda –, mas que posso fazer se a fala sai agonizante e egocêntrica mal ameaço abrir a boca?

– Muda o estribilho! Muda o estribilho! Quem é que agüenta?

Duas faltas se encontraram e continuaram se encontrando, não me lembro de toda a seqüência. Creio que uma continuou como antes: solidificada. Da outra, impaciente, posso testemunhar: esta definitivamente não mudou, continua fustigando com vara curta as feras, vez ou outra sofrendo ofensas sérias e infames, a mão toda marcada de dentadas, olhe aqui pra você ver...

Tema pra roteiro novo

Senhor ou senhora sem objetivo na vida: atenção, isso passa. Pegue um cachorro e uma coleira, de preferência um mais lento e concordado, passeie com ele pelas redondezas e verá. Com caneta e papel a tiracolo, assombre o mundo com as observações das serras, dos vales, dos fenômenos vitais e não-vitais. Deixe as excrescências de lado. Olhar é descobrir enredo, fixar o olhar é invadir privacidade; cuidado, portanto.

Quando menos esperar, estarão à vista a causa da estreiteza da visão, do falta pouco para uma briga, a raiz dos sobressaltos, o que o avesso tem a ver com o direito, isso fica muito claro.

Conversa-se muito quando a aventura é pequena. Pise no chão descalço, arrisque-se nas pedras pontiagudas, estrepe o dedo no espinho, faça bom proveito das adversidades favoráveis. Extraído o proveito, siga em frente e abandone o desagrado.

Por natureza somos expostos às intempéries, pele delicada, poderes franzinos, qualquer desafeto médio põe o mais forte por terra exangue e moribundo, levantá-lo é uma luta, gastam-se muitos, entretanto a vida não necessita de lágrimas, observe, precisa é de coração disposto e amável.

Não se perturbe com os extremamente ocupados, elétricos ou bem-sucedidos. Uns lidam com afazeres, outros ajuntam moedas de ouro; eu, desde muito cedo, me vi às voltas com incertezas e incertezas, me perguntava o que haveria no topo. Depende. Depende sempre. No topo, neste, há mais topo.

Uma palavra não basta quando se espera salvação eterna, eu compreendo, mas veja: as dores se assemelham mesmo quando os motivos parecem diferentes. Então, o que distingue uma criatura da outra é a coragem de abrir a porta e atravessar a soleira, fazendo tempo bom ou ruim lá fora.

Liberte-se do primeiro obstáculo e experimente o cheiro da dama da noite, logo que anoitece o perfume começa. Na camélia não se toca, que escurece à-toa; isso já não acontece com outras flores: ao lado das mais sensíveis, há uma infinidade de resistentes, ainda bem.

Pare de perseguir a felicidade. Pare de perseguir a felicidade. Pare com isso! O perseguido se toma de ojeriza pelo perseguidor, quer vê-lo a léguas de distância, morto.

Ajude-me a tocar o sarilho da cisterna funda, vinte e seis metros de fundura, puxe a corda, faça força, mais, mais força, falta pouco, me ajude, e a água chega fresca, chega fresquíssima, escorre pelo meu rosto, meu pescoço, minha roupa quando a bebo com vontade, refresca o peito da gente acalorado, experimente...

CENOZÓICA ERA

Tudo indica que mais dia, menos dia, voltaremos à sessão caverna; que num segundo assistiremos ao início de uma hecatombe verdadeira, espetacular; depois, mais tarde, os sobreviventes, ainda perturbados, se agruparão para recomeçar o processo histórico segundo modelos anteriores, o que fatalmente os levará a nova decadência. Ponto final.

Tudo indica que em tempo recorde saltaremos das euforias digitais para os urros e peles, talvez recordaremos como fazer fogo, o que ajuda bastante, evita muita escuridão e friagem.

Tudo indica que antes que a desdita aconteça seremos convidados a depositar no solo nosso corpo, nossa capa, ouro, *money*, nossos nomes, nomes, nomes, pobres homens!, pobrezinhas das mulheres, escolham suas cavernas voltadas para o sol nascente, são melhores, saudáveis, modernas. Algumas poderão dispor de dependência completa e garagem, o que encarece um pouco, mas compensa o gasto excedente. Escolham suas cavernas, o sol da manhã batendo nos quartos, e anotem este lembrete aí: cuidado, muito cuidado com a porta aberta que não fecha, pois tudo indica e proclama em altas explosões que teremos novamente dinossauros a passear pelos campos, dinossauros, dragões não; dragões não, mas isso é o de menos. Cuidado, muito cuidado mesmo é com as trevas da ignorância, essas imensas, abominosas; essas sim, essas sim, dessas sim, tenham medo!

Todo tempo é tempo de

Incondicionalmente buscando a harmonia. Incondicionalmente, por si, já consiste num modo vigoroso de riscar o dedo tiranamente.

Eu tinha uma casa. Hoje, tenho uma égua doida, desvairada. A professora perguntou à minha Cremilda:

– Sua mãe é aquela?

– Não. Minha mãe é uma que usa touca e anda em cima de uma égua louca.

Ela gosta de versos. Também gosto. Só nunca vi ou tentei rimar pão com sapato, mas, dependendo da hora, até isso é preciso e, se preciso, arremato.

DIALÉTICA

Faço o pão pra você, gostoso o pão, mas bebo o café pensando Nele.

Não me tortures, Vida, com tantas chegadas e depois partidas imprevisíveis e insuportáveis, porque nessa linguagem não consigo compreender uma palavra do que dizes, tamanhas as dores, só cuido de mim.

A lagarta cumpre o seu destino e torna-se borboleta porque não vê saída, vivendo pouco em seguida ao acontecido, descobri isso outro dia, ao ocaso, mais escuro que de tarde. Disse pra mim mesma: repousa em paz agora, que teu dia foi prolixo, quero dizer, foi profícuo o teu dia, querida.

Crenças e dúvidas

Que faço do pé de coco carregado, tombado pro lado: cocada preta ou cocada clara?

Se eu puder, levantar-te-ei bem cedo, tomaremos a bênção de Deus primeiro e, amanhecido o dia e então bem quente, pôr-nos-emos a salvo de nós mesmos. Pior perseguição é a da própria mente.

Renascimento

Duas faltas se encontraram. Foi um desgosto profundo o que uma, a primeira, causou à outra. Uma dor definitiva. Cicatriz irreparável.

A primeira saiu da história morrendo de se gabar e achar graça, o ego engrandecido, mal cabia na própria caixa. A outra emagreceu, adoeceu, perambulou pelos cantos, perdeu razão de ser, entrou em crise, buscou filósofos, chorava à noite, terrível a noite escura da existência, onde é que Deus se esconde? Gastou meses e meses pra se recuperar, dizem alguns que anos, disseram mais: que virou outro homem – tranqüilo, feliz, estável –, nunca mais foi como antes, se derretendo a uma simples menção de solidariedade, se entregando por míseros trocados de afeto.

Você deve ter ouvido falar nele. O fato correu longe, andou de boca em boca, tornou-se uma lenda fantástica. Hoje, quando a ouço, peço na hora: "Conta de novo, por favor, conta de novo", me agrada ouvir o relato doloroso, a seqüência da humilde resistência, a coragem nascendo na criatura praticamente entregue à sorte. Sabe o que me lembra? Arbusto jogado ao chão por temporal, depois seu reerguer silencioso, íntegro, inteiro! Eu gosto de ouvir isso, sei lá por quê, sei lá por quais pedaços...

Tem gente que vê o caso como experiência comum da espécie humana, rejeição trivial, seguida de sublimação do sofrimento. Eu, não. Pra mim foi trabalho penoso, combate intenso, território reconquistado palmo a palmo, ali, ali!, batalha das sangrentas e, de fato, era impossível que acontecesse de outra forma, era matar ou morrer, era se matar ou morrer nas mãos do outro, não havia escolha, porque quando se chega ao extremo estreito da passagem, só há duas vertentes: tornar-se outro ou entregar os pontos. Bem, eu acredito no que contam e vou ser franca com você: nunca me preocupei com a confirmação dos fatos, nunca. Verdadeira ou não, a história é grandiosa, por isso a preservo e a transmitirei em frente tantas quantas forem as oportunidades e a contarei sempre com essa imensa riqueza de detalhes pelo prazer de ouvi-la, pelo gosto de quem sabe quanto dói, quanto é amargo andar atrás do amor e ele rir-se de nossa cara e se afastar fazendo piadas e soltando risadas às nossas custas, se fingindo de bobo...

Criação

Atenção para o que sugeres. Atenção para o que crias. Teu sopro pode levantar uma poeira danada nos próprios olhos.

Sendo ou deixando de ser, és exatamente o que buscaste ser, amargo o gosto do Eparema quando o fígado adoece, sabemos. E além do mais o que passou não se conserta, muda-te, então, daqui pra frente.

Quando o tempo estiver quente, amaina o fogo, respira fundo, digo a ele todos os dias. Procura sombra, esfria o corpo, joga água fria no rosto, molhando os pulsos primeiro, senão faz mal.

A mãe e a filha passeiam. A mãe e a filha se amam. A mãe ama a filha bem mais. A filha não sabe isso ainda. Vai sabê-lo com a filha dela, depois.

Guarda-chuva e sombrinha

Bem que eu pensei em ir com você. Eram apenas poucos quilômetros de chão, nossas sandálias agüentariam bem sem nos machucar os pés, mas naturalmente pararíamos à beira da estrada por algum motivo – escolher um desvio, observar uma florada –, certamente a gente ficaria inteiro um com o outro, e quando a gente não finge nada, desaparece.

Bem que eu pensei que era uma boa oportunidade pra gente estreitar os laços; folgados demais os laços, carro anda mal, cada boi puxa pra um lado.

A complacência faz parte das minhas virtudes mais estampadas; a complacência com quem mostra dificuldades para perceber de longe ou ler veloz nas entrelinhas, por isso costumo intervir mais diretamente nesses casos, com delicadeza, é verdade, com cuidada modéstia, tal como a corte engenhosa de um pássaro feio: canta, mas não abre as asas.

Bem que eu pensei em ir com você. Pensei, pensei, pensei e fiquei. E era simplesmente para ir, era para ir, mais do que pensar, mais do que pensar no que podia acontecer, ainda que eu morresse depois.

A coragem não faz parte das minhas virtudes mais declaradas. Fica escondida, olha do buraco da cerca, sente vergonha, por isso costumo abrir caminhos subterrâneos e me escorrego por eles.

Bem que eu precisava de um momento como este, minh'alma gritando a plenos pulmões: "Pôxa!", vendo você ao telefone me pedindo uma folha qualquer para anotar um nome, um endereço, tome, tome este, pegue aqui em minha mão, anote, leia, leia, escreva o nome...

Particularidades universais

Jamais tente ser como o outro foi. Eu fiz saber a todos: saboreie, não copie. Aprenda, levante e comece a revelar o próprio traço, mão leve, alma desprendida. – Oh! quem diria? – dirão.

Meu quadro vive cheio de recados: faça isso, faça aquilo, seja, não seja. Uns eu leio uma vez por semana; outros, não; outros, não.

Minha falta de ninho me obriga a andar. Onde sopre um frescor da Verdade, aí paro, examino; sobre os mistérios eu não pergunto mais.

– Você pula de um pensamento para outro na maior tranqüilidade, numa bagunça danada, que confusão!

– Insanidade, insanidade, reconheço, e o motivo revelo a tempo antes que recomece o alvoroço: mente doentia perdida em falatório estabanado. O maior pecado hoje é justamente o destempero, o excesso abusivo. Dele decorrem profundas carências: de verdade, de respeito, de essência, de limites. Que fazer? – me pergunto diariamente. Também em mim o desatino mostra sua força: minha bolsa se encontra repleta de falsas moedas. Quero o que não me obrigam a ter, apenas me sugerem; peço o que nunca preciso; procuro incessantemente o que se converterá para mim em enorme prejuízo; perdi a noção do principal, eu perdi tudo!

Que me voltem com o sentido da existência ou me verão seriamente adoecida.

Jamais – me escute –, jamais tente ser como o outro foi um dia. Seja você, o que seu Ser lhe dita para ser, insistentemente, sem alívio, e a isso o conduz e para tanto lhe confirma com a sede, a fome, a ferramenta, a angústia e o consolo.

Prefácio para pouca fala

Há que se dizer pouco, quase nada, a se julgar pela hora da maior enxurrada.

Eu andava meio sozinha num verão de chuvas e muito barro, lavava as botas dia sim, dia não, então foi propício e adequado pressentir um mormaço. Mormaço relutante, entremeado de azia, hérnia de hiato, patologias várias do estômago.

Psicanálise é uma toalha de linho branco, bordada, que enfeita o banheiro no dia dos aniversários. E o que têm a ver a fé e a fala? Nada. Ou: o que se quiser se constrói, se com palavras.

Última chance

Ele soube que teria apenas alguns meses de vida. Ele sentiu-se melhor um dia e, então, como antes fazia, telefonou para sua instrutora e abrindo-lhe a alma em confidência extremosa fê-la sentir que ele caminhara bastante em razão do sofrimento e agora estava mais feliz; mais calado talvez, e feliz; um pouco profundamente consciente, e feliz; e que ela lhe deveria retribuir com inteireza de gestos e palavras, nada de consolos plásticos, nada de falar por falar, que ele chegara a um momento da existência em que cada coisa vale perdidamente mais do que valia, inclusive aquele instante, que ele a procurou, vinha procurando por ela há tempos, há vários, vários dias, mas que ele andava realmente era atrás dele mesmo, precisava encontrá-lo, precisava urgentemente conhecê-lo antes de sua última partida.

Espelho côncavo

Reservo-me o direito de seguir recuada, caminhar com um tempo de atraso, entornar o leite ao ferver, sujar a casa, andar de meias furadas sem sapatos, ter cabelos brancos.

Reservo-me o direito de rir quando a porca torce o rabo, de sumir de vez em quando, e de me afastar alguns quilômetros espantando um dia longo longe de casa, depois retorno.

Reservo-me o direito de ficar sem trabalho, ao acaso, de parar o espetáculo, de não seguir o figurino, e de dar o primeiro passo para a libertação; depois, convenhamos, o passo seguinte é definitivamente mais difícil e eu... regrido!

Reservo-me o direito, muito embora custoso, de ter dor na coluna, incoerência e enxaqueca, e de me assentar em meditação de manhã e à noite acreditando estar entre os escolhidos e, daí a pouco, muito pouco, já viu cão irado salivando os dentes? A ira é a demência dos sãos e é de cor vermelha.

Passa gente, passa ponte, passa tudo quanto há, só não passa esse cheiro doce de manga, essa vontade de permanecer aqui, de estar sempre aqui, de eu ser sempre assim; só não passa esse verbo ser fantasioso, mentiroso, se presta a tudo e às bocas todas sem medir prejuízos!

Reservo-me o direito de perder o fio da meada nos mais simples entrelaços da vida e de me enganar terrivelmente, quantas vezes, Daniel? Não sei. – Você falou! – (Eu não devia ter falado...)

O fio da meada está aqui mesmo. Bem que eu o busco. Ninguém nunca poderá dizer que dormi enquanto os sábios distribuíam suas riquezas. Nada me interessa mais que o presente, esse estar contínuo, desprevenido, olhando as estrelas ou nem olhando.

Minha casa, meu refúgio, minha prece é deixar tudo, tudo, até as pedras sem proveito, e acocorar-me no meu centro. Café quente.

Que posso lhes contar? Que é fácil, que é belo amanhecer assim, quero dizer, permanecer assim não-pertinente, não-exigente, nada. Até porque nunca achei que sofrimento desnecessário valesse a pena, por isso me permito qualquer que seja o jeito: rapa de tacho, nata de leite, risada e pouquíssimas vezes percebi encanto em meu lamento.

E então ele me perguntou aonde eu ia. Como é que eu sei?

Vento, vento, doce brisa, sopra cá. Desmancha-me pedra por pedra, desejo por desejo. Quero ver o que é que sobra.

Bebo chá enquanto os patos grasnam

Perdendo-se o ego, qualquer lugar revela-se bom, ou independe, ou tudo pode ser. Nenhum bem, mal nenhum. A alça do balde quebrou-se, pesado de água, enquanto eu olhava o céu escarafunchando tais mistérios.

Divago, logo não existo; o que me traz de volta à vida é o estrondo do balde e meus pés ensopados de água fria.

Esteja onde seu corpo está. Esteja onde seu Eu está. Onde seu Eu está? Pergunto porque, sabendo você onde encontrá-Lo, sua indicação me será de mais valia que as teorias estupendas que carrego, enquanto a fonte geradora de sofrimento continua borbulhante, vigorosa; as feridas – cura-se uma, outra surge; cura-se uma, outra surge – resistem; o nó na garganta é de tirar o fôlego. E aí? E aí? Aí corro os dedos no piano: há algo mais, há algo mais, eu sempre soube.

Por entre as frestas da veneziana, percebo a Vida lá em cima me espiando atenta e inarredável. Lanço-lhe um olhar esquinado, meio desconfiada do resultado, meio admitindo o provável: Espera o quê de mim? Mais do que fiz? Mais? Como?

Ela me responde certeira: – Pá!

Ela me responde de longe: – Pá!

Ela não pestaneja: – É pá! É pá! (Finjo que sou surda.)

Por entre as frestas da veneziana procuro a Vida lá em cima e não a encontro, encontro a Vida cá em baixo, oh! bebendo meu chá com calma, bebendo meu chá, oh!... Ouvindo os patos que grasnam, ouvindo os patos... Os patos grasnam na horta....

Contemplação

Ah, como sonho com um Deus alegre, um Deus sorridente sem vincos na testa, me pegando pela mão pra dar uma volta nos arredores de Ipanema, na estrada apinhada de flores e insetos. Um Deus de olhos azuis de vovô, os pés descalços no chão, o carro de boi carregado de café fazendo inhééééén, inhééééén, inhééééén na maior altura e eu rezando pra ele passar depressa e eu poder ouvir Ray Conniff, daqui a pouco é hora do almoço e vou ter que desligar. Ah, um Deus tão bom que me faça ver o que não vi até agora – tudo –, porque enxergo apenas o que meus olhos vêem e minha mente conceitua, e isso é pesadelo! Um Deus de bom humor acima de qualquer desfeita, que me perdoe os momentos de fraqueza e não me dê o troco, como faço sempre comigo mesma. Um Deus de palavras raras talvez, mas que cante, que festeje, que me ensine a festejar, que me ame tanto, tanto, que eu acredite nisso! Um Deus que não tenha pena de mim, porque já me sustenta, me alimenta, me respira, me conduz, me conhece, me fez e me faz, me enternece, um Deus pra eu pôr no lugar do outro que criei e do qual tenho às vezes um medo terrível ou procuro na hora do desespero como se vivêssemos separados!

Eu busco um Deus de festa, de compaixão, de coração enorme, uma cadeira perto Dele pra eu descansar meus sonhos, minha foice, minha espada, meu machado, minhas panelas, minha infelicidade eterna, minha moeda pro pão, meu nenhum resultado. Um Deus sem medo da má-sorte que persegue os homens. Um Deus que me espere no final da curva enquanto me acompanha, fazendo caso nenhum da escuridão. Um Deus só bom, Pai, Mãe, Nossa Senhora da Guia, Senhor dos Passos, cantos e mais cantos, amor e mais amor. Um Deus... Um Deus... – Como é mesmo seu nome? – Ele me pergunta de repente. Meu nome é feito de água, respondo logo, por isso Te busco abertamente. Só espichado ao Teu Sol, quarando, ele evapora.

Portal

Quando suas palavras riscarem meus ouvidos e você perturbar-me pela centésima nonagésima quarta vez ao me confundir com as areias da praia, pisando-me desconfortavelmente, não me importarei. Lembrar-me-ei de Rabindranath Tagore e olharei para o pôr do sol alaranjado e lilás, e você, me atormentando ainda, talvez eu leia o salmo 90 como minha amiga me aconselhou, e então consiga dormir um pouco à noite.

Daí, a manhã pode chegar fria, muito fria, cerração. Caminharei pela estrada de chão ao topo da montanha, alcançando o mosteiro perto das nuvens e dos raios, onde raros vão. Fica lá, fincado lá, sozinho.

Sentar-me-ei no tapete com as pernas cruzadas, na sala em forma de templo, olhando para a parede de pedras e deixando vir meus pensamentos como queiram, enquanto queiram, enquanto queiram, e enquanto queiram é sempre pois não me largam! Pura atenção. Atenção pura. Zen.

Dois mais dois são quatro, mais dez, quatorze.

– Quantos anos você tem?

– Nesta vida, oitenta e quatro.

Perante a eternidade é pouco mais que nada, pouco mais que qualquer coisa, pouco além de uma cilada, uma lua que se esconde, um som de galho partido, um medo que apanha o corpo e paralisa, um movimento esquisito bem aqui, aqui!, ouviram?, corre, gente, que eu corro!, uma manhã que surgiu, uma venda que se abriu, tem balcão de aroeira e prateleiras compridas, quero comprar, moço, um torrão de bem viver, 365 dias de boca muito medida, de ninguém falar pra si, de ninguém dizer pro outro palavra sem serventia, do tipo inútil, injusto, falso, nojento ou mesquinho.

Ato de flagelação

Eu tenho que pedir desculpas, eu tenho que pedir perdão de joelhos, cabeça se martelando num muro de lamentações, errei, errei, errei, porque ainda não sou capaz de saber pela manhã como serei à tarde, no meio do trajeto as circunstâncias me atordoam e perco o rumo que planejei, por isso quanto mais perdões tiver, mais deve guardá-los para mim que morrerei dizendo fiz feio, muitas vezes.

Errei dez ou doze grandes erros, por medo, não por necessidade, tivesse eu tido um pouco mais de coragem, um pouquinho mais e não teria me tornado tão ácida, soda cáustica, como fui. Afasta-te pra longe, toma cuidado, a pele se corta ao meu contato.

Duas faltas num gargalo

Duas faltas se encontraram. Num gargalo comprido, extenuante, intolerável. Disse a primeira, sufocada de angústia:

– E agora? Que faremos?

A segunda respondeu esperançosa:

– Acharemos uma saída. Pra tudo há um jeito provável.

A primeira lançou-lhe um olhar desolado, querendo acreditar na salvação distante, preciso crer, preciso confiar, que faço?

A segunda corria a atenção em torno, fazia cálculo dos perigos, armava-se para a sobrevivência mínima temporária, imaginava formas de atrair socorros.

Deu certo. Em pequeno prazo a segunda se salvou. A primeira também. Conseguiu escapulir também em hora proveitosa e, fora da garganta, as circunstâncias se mostraram mais abertas, corria o ar, vida mais cálida; perigo havia, porque perigo é elemento perene em território faltante, mas melhorara muito em comparação com aqueles dias apertados.

Por motivos que desconheço ainda e de fortes conseqüências, a primeira – apesar da salvação em tempo hábil – continuou se sentindo encurralada, sofria angústia intermitente, medo da morte, frios internos; por mais que se lhe abrisse o caminho, e se abria, freqüentemente era tomada por uma sensação prenunciadora de agonia, inseto à mercê de ave, rei na iminência de perder o trono e a cabeça. Eram pesadelos, choros, sustos. Sofreu anos, três décadas, até que um dia, exausta, esgotada, decidiu convocar o suposto mal para uma última conversa. A um canto, distante de todos, sentou-se em corajosa espera de quem vai morrer e atraiu o golpe:

– A partir de hoje não corro mais de você, medo horroroso, estrupício. Hoje quero você aqui à minha frente, se é que pode se mostrar, se é que tem poder, se é, eu duvido. Venha aqui, pode chegar, fatídico, apareça inteiro, não fique por aí se escondendo nos outros, matando a gente aos poucos, me mate logo, que não agüento mais! Quero acabar com esse sofrimento. Chega! Chega! Não tenha medo! Ah eu aqui sozinha, coisa feia, caruncho, peçonha, pode vir, venha!

O medo ouviu e veio. Em o chamando, se apressa a atender, não se faz de rogado. Chegou, tomou, invadiu, ocupou todo o pedaço que tremia nas bases, se entranhou na falta, apoderou-se do que pôde, depois partiu possesso. A parte dela temerosa, pura ilusão, ele a levou pra sempre, sumiu do mapa, ouvi quando a arrancou – de um tapa só – ouvi o choro, choro alto, gritado. O que restou vivendo ri, trabalha, anda, fala, erra, conserta, muda tudo se preciso, vai assim, seguindo assim, seguindo dessa forma, a parte que ficou parece inteira.

– E a outra? E da outra, o que foi feito? – me perguntaram.

– A outra? A outra parte? A outra falta? Ah!... a outra falta é normal. Normal demais da conta. Mantém-se em equilíbrio resistente, evita passagens muito estreitas, espelhos, tem horror de espelhos, corre de perigos, léguas, tem dado certo.

Sinais

O corredor para a mansão dos sábios é apertado, escuro e a gente tateia calada. Apenas um portão que range, range, e necessita urgentemente ser untado, caras doces criaturas.

Paixão dos santos

Não posso dizer que andei muito, só por causa das rugas e dores no peito: a morada do Rei, cheia de bem-me-queres e alfazemas, continua distante. Continua distante e no entanto a desejo, e no entanto a procuro como ao bem permanente, como ao saber mais profundo que se alcança na Terra, a ela mesma, à morada do Rei, cheia de bem-me-queres, margaridas e alfazemas.

Não posso dizer que andei muito, só por causa dos gestos morosos e da fala rasteira. A morada do Rei, onde sonho mergulhar em minha origem e fonte, continua distante. Continua distante e no entanto a persigo, e no entanto a desejo como ao vale mais verde, como à mãe mais contente que se pode ter perto, e se a tarde ameaça escurecer mais cedo por contingência humana não me assusta, que venha, que venha. A morada do Rei continua distante, mas jamais a esqueço. E a procuro. E a espero. E por ela eu chamo, por ela imploro bem alto, chego ao desespero: te mostra, por Deus!, tem piedade, te mostra, nem que seja pra me dizer que sigo em rumo certo! A morada do Rei, cheia de bem-me-queres e alfazemas, continua distante, mas jamais a esqueço.

E parece que andei, e parece que andei, e parece que chego, acredito que a vejo, será ela a morada do Rei? Será ela? Eu a percebo! Entretanto em um minuto se afasta, se apaga, desaparece da minha vista, some completamente. A morada do Rei, cheia de bem-me-queres e alfazemas, continua distante, mas jamais a esqueço.

Então por ela eu choro, com ela eu sonho, por ela invoco mil vezes mil vezes ao dia "Vem, Pai! Vem, Pai! Vem, Pai!", ano inteiro, por ela eu vivo sem imaginar onde encontrá-la. A morada do Rei é onde vivem o encanto, a compaixão, a paz, naturalmente; o Rei me diz "Caminha! Vem! Me alcança!", eu vou seguindo essa Luz, esse chamado constante, vou caminhando só, guiada por diferentes setas e dizeres, atraída pelos perfumes e essências, alfazemas, bem-me-queres, pintassilgos, vivem lá as florestas mais belas, minha vida e alegria ficaram lá, pra sempre.

Não posso dizer que andei muito, não posso, definitivamente. A morada do Rei, cheia de bem-me-queres, margaridas e alfazemas, continua distante, mas jamais, eu – jamais – a esqueço.

Constatações

Sempre que a manhã se aproxima, observo de que lado sopra o vento, se do sul ou se do norte, sobre qual lado incide o sol, se mais na frente ou no corredor de trás.

Em seguida, águo as plantas, vem um ou outro pássaro comer alpiste novo, duas mulheres de saias compridas avaliam o resultado de sua campanha boca a boca, os pardais pousam de preferência na roseira mais baixa.

Maravilha é uma coisa um pouco melhor que outras. Maravilha é ter dentes bons, é enxergar letra pequena. Maravilha é acreditar que o sofrimento termina. Sofrimento termina nunca. Sofrimento muda de dono.

Meandro

Se soubesse do que preciso, diria definitivamente: é disto. E deixava de apertar os dentes em bruxismo e parava de desperdiçar talentos, a serra elétrica corta os bambus a cinco metros de mim, hoje é apenas uma primavera assustadoramente mais quente, o vizinho faz uma cerca e eu me pergunto se o caminho é este, que o barco já deu partida, a viagem começou há um bom tempo, a direção parece uma cobra, tanto que serpenteia...

Dos vários tons do azul

Houve um tempo em que eu era simples: com poucas palavras e pequeno dom versava sobre as grandes verdades da vida. Já escutei a natureza, conversei com rios e pássaros. Hoje nem meu cachorro me entende.

Houve um tempo em que eu ficava fora, fora de casa, azul-celeste, fazia parte da crosta terrestre – das rochas e solo – e combinávamos bem. Hoje, cerquei-me de tetos, altos muros, vidros resistentes, já não me entrego ao prazer de assistir lá fora ao desenrolar da claridade, da noite nem se diga.

Eu me impacientei com o prejuízo. Considerei terrível perder dons, sensibilidade, compreensão, mas aceitei. Hoje vivo o exatamente trivial dos mais mortais comuns.

Houve um tempo em que eu percebia onde, quando, como foi, por que, e até algumas ovelhas que me conheciam, às vezes iam longe, onde eu costumava passar, buscando direção.

Não gosto de contar vantagens inclementes, fechar a boca do outro por pequenos ganhos mentirosos não faz o meu feitio, nunca fez. O que sinto de tristonho, o que lamento é isto: já fui, não sou.

– Tantos foram tanto e hoje não são mais nada!

– Eu sei, eu sei, mas me dói o que diz respeito a mim.

Houve um tempo em que eu não escrevia, não precisava, era feliz sem frases, sem idéias no papel, eram realmente desnecessárias! Hoje, o alfabeto se mexe ao meu contato e o resultado é curto, pobre, inexato; procuro outros modos de me expressar mais verdadeiros e não encontro; mais poderosos, fico tentando; que sejam modos, e mais que modos; que sejam falas, e mais que falas; que sejam tons, e mais que tons de rosa, de vermelho, de anunciação, vem cá, vou te contar: eu era, naturalmente, eu era, eu fui e hoje me esforço, por isso me atrapalho e gasto esse tempo todo lançando fiapos de verdades em meio a uma montanha de mentiras!

Houve um tempo em que eu jamais ousaria, jamais cometeria o desatino de dizer duas palavras ocas, quanto mais três.

Duas faltas e um tornado

Duas faltas se encontraram e não poderia ter acontecido nada melhor, porque falta com falta acabam conversando, namorando, se casando, tendo filhos, tendo netos, tudo certo, até o dia em que um deles resolve ir para outro plano, outras vidas, outras plagas, esses tornados sem data marcada, esses cataclismas, entende?

Falta com falta geralmente não se dão muito sossego, um costuma fazer o outro penar horrores por motivos milimétricos que não descrevo agora porque não caberiam neste caderno, mas todos sabem, todo o mundo conhece esses maus pedaços, ou ouviu contar.

Falta com falta, se não tomarem jeito, vão acabar com esse costume antigo, porque ninguém agüenta guerra direto, o povo já nasce cansado, com pouco tem que ir pra frente da batalha morrer logo? É isso só acontece com falta, com mais ninguém não!

Falta com falta, quando querem e se esforçam, criam beleza e harmonia da melhor qualidade, criam ninho gostoso pra aves de fora, mas quando é que querem?

Dois meninos brincavam à beira d'água. Quem jogou pedra primeiro? O da pedra que caiu primeiro n'água?

Não. Não encontrei a paz nos girassóis amarelos. Procurei no lugar errado ou rápido demais. Pressa e perfeição não se falam desde a Criação, foi isso.

Está claro: correr e obedecer cabe a nós, ímpios e servos. Os passos dos Mestres são lentos. Não andam sob as ordens dos homens.

Nem ser nem não ser

– Agora é hora do não-agir. Conhece o não-agir?

– Conheço.

(Ele é infinitamente afetuoso e conta dinheiro deleitosamente como quem não encontrou igual prazer desde a infância.)

Tudo o que você disser que eu sou, eu o sou. Encontrarei algum motivo para sê-lo. Tudo o que você disser que não sou, não o serei, até porque alguma razão terei para não sê-lo realmente. Então, o segredo não é ser nem não ser, é desapegar-se dos rótulos e passear livremente por entre as classificações do mundo, como crianças brincando no parque em pequenos muros de esconde-esconde...

CRÔNICA POLICIAL

A esperteza tomou o lugar da inteligência mais ampla. Expulsou-a temporariamente, fez sucesso rápido, adquiriu respeito e soberania. Solene, distribuiu prêmios a quem pôde, deu força à desconfiança crescente, engordou os pratos de uns, achou que seria a preferida para todo o sempre.

A esperteza se esqueceu do monstro que a alimenta, de várias cabeças e nomes, e o tornou de tal forma visível e consistente que começou a causar nojo a alguns que a encontravam pela frente. Foi o primeiro sinal de mobilização humana para recuperação da consciência.

Soubemos disso porque houve três casos de recusa a suborno bem próximos de nós. Um deles dizia respeito a um senhor de meia-idade que, mesmo em face de grandes lucros, resolveu não adotá-la. Interrogado, foi discreto, evitando ironias:

– Acho melhor observá-la de longe.

Vários meses se passaram e ele se mantém firme, calado, manso, abnegado, ausente de comícios, nunca apareceu em televisão. Seu filho mais velho, vendo o pai tão incorruptível, começou a entender a existência sob a forma principal: viver é formar um semblante, afirmou a colegas que riam do último dano causado por um espertalhão.

Eu simplesmente ouvi o caso. Quando quis conhecer de perto o citado senhor, não o encontrei em casa. Deixei recado, por gentileza, me telefonasse logo que pudesse dispor de um horário. Marcamos para a terça-feira que vem.

Auto-retrato

– Quem está à sua direita?
– Meu pai.
– Quem está à sua esquerda?
– Minha mãe.
– Quem está com você?
– Meu Eu.

Adoecendo, livra-se de todas as culpas.

Pôr de sol em fronteira

Passeio pelo campo de neve com meu falso casaco de peles, o frio torturando minhas orelhas tropicais, e reclamo da sorte, costume antigo e contumaz: em que época fui vir.

Ele diz: Acompanhe até o mais fugidio dos hábitos, não o perca de vista.

Eu acompanho é toda espécie de seriado, acompanho os dias da semana, os pregadores, as pregações, pam-pam-pam, pam-pam-pam, martelo insistindo em nossas cabeças de prego; eu acompanho essencialmente o que vem em seqüência: o gosto e o desgosto, o gosto e o desgosto, e meu lugar mantém-se vago, vazia a poltrona, vaziinha, eu acompanhando os outros.

– Não tenha medo de interromper, tudo é inacabado.

Quero lápis e papel pra desenhar dois pontos: um é o sim; o outro, o não. Teve horas em que procurei uma palavra leve que contivesse um não frio, afiado, decisivo, imune a contestação, uma pedra certeira e única voando pelos ares e estraçalhando o alvo, sem deixar margem de dúvida ou sombra de *talvez possa voltar atrás*. Um não para exterminar a mínima raiz de possibilidade. Hoje tive uma hora assim.

Meu livro de cabeceira tem a capa azul-mistério profundo. Eu pego nele quando a maré alta me apanha; quando a baixa vem, fico na areia molhando os pés, em segurança, sorrindo pros que passam, achando tudo uma beleza. Nessa hora de encanto deixo até galinha chocar em mês que tem a letra *r*, menino brincar na terra depois do banho, marido solto na rua. Quando tudo é beleza, meu livro de cabeceira fica de folga, esperando o mar subir de novo.

Passeio pelo campo de neve com meu falso casaco de peles e concluo assustada: viver deve ser muito diferente de pensar, viver deve ser o oposto disso tudo.

Suscetibilidade

A mansidão do homem é desconcertante como um prego no sapato, corta, dilacera minha máscara, deixa-me exposta. Seu olhar me transtorna mais que o que tenho visto ultimamente, e olha que tenho visto coisas.

Quero tê-lo em minha frente, esse olhar de gente mansa, isento, limpo, alheio a qualquer julgamento, preciso tê-lo em minha frente quando sou ovos e me quebro à-toa.

Generosidade

Podemos recuperar o móvel velho que faz falta, depois enchê-lo de objetos de todo formato e cor. Em nosso mundo finito cabe o infinito desejo.

– Meta é desejo?

– Desejo é meta sem maestria.

Parte o queijo, parte-o assim em dez pedaços, que o maior seja do rato.

Romanceiro

Duas faltas se encontraram e eu quis inverter a história desta vez pondo o encontro no meio, entretanto não houve prazo, dado o fervor amoroso ao se esbarrarem ali mesmo, no começo, ao se olharem lânguidamente num gesto incontido de paixão devastadora, apenas compreendendo que quando duas faltas se encontram com tremor e embevecimento costuma não dar em boa coisa, mas esse era o único jeito de saber ao certo, de fazer a festa, de pegar a corda para alcançar o poente. A queda é livre – um disse ao outro; – nós não, nós não, então proteja-se!

E depois do belo encontro, as duas faltas se afastaram: ele, pra lá; ela, para o lado oposto; duas faltas que buscavam simplesmente o frescor da madrugada, a sombra da Mata Atlântica, o fogo interno da estrela, duas faltas encantadoras, que comeriam poesia à falta de arroz e carne, se separaram aqui, neste segundo parágrafo, e foram-se embora.

Comentei com meu companheiro: Conheço desses desacertos. Demora, mas o ânimo volta, você vai ver.

Ele me ouviu indiferente, bocejando, virou-se pra longe, bem longe, olhou pro mato mais à nossa direita e retornou ao seu silêncio cavernoso, àquele silêncio trincheira-fortaleza-barricada-sacodeareia-hermeticamentefechado-abrigoantiaéreo-proibidaapassagem, foi pra lá, eu não soube, nunca mais se soube dele.

Morada de todos

Olhando para não sei onde, perguntei de onde vim.

A moça professora pediu: Não copiem, porque não tenho certeza.

Tudo é duvidoso, ela me ensinou naquele dia e eu só compreendi agora, porque ela me ensinou ao jeito dela, morrendo de medo de errar, ela não afirmou assim com a certeza de que a dúvida faz parte de nossos melhores dias, dos nossos dois intestinos e de uma garganta que fala.

Duelo

Não finjas, loura, que és feliz. Não enganes a ti mesma. Melhor se te assentasses num toco perto do ribeirão e ouvisses teu Anjo da Guarda pronunciando três palavras: amarga minha sina.

Vaidade adormece a consciência que nem poder. Olha-te no espelho: no meio de teus cabelos não há um fio, sequer um fiozinho de imortalidade.

Tartaruga na quarta dimensão voa.

Rebentação

Eu sei que o amanhã não vai ser melhor que hoje. Hoje já temos as laranjas maduras, o pão quente, a noiva alegre, o menino triste; hoje já temos o beijo no clone, o cachimbo caindo da boca, o carro veloz, a noite, o desencontro, o desencontro e mais um. Hoje temos tudo do bom e do melhor, e não me chamem de irônica, pelo contrário, sou como qualquer um que carrega um número de telefone no bolso e de vez em quando o pega pra reler numa grande esperança, hoje tem esperança. E, se há algo melhor, me falem, por favor, não achei outro. Porque hoje preciso da esperança como nunca precisei antes. Preciso dela em pessoa, em matéria, em massa, em corpo. Preciso dela hoje; amanhã, não serve. Eu sei que o dia de hoje é o melhor de todos, porque contém tudo de que precisamos, porque já somos o que somos e Deus não falta e jamais faltará. Sei disso tudo e de mais coisas. Mas hoje é hoje, extremamente doloroso, e preciso da esperança como de ar.

Batendo com a língua nos dentes

Vá, que é tarde, ele me disse, a noite tudo escurece, e eu careço tanto de clareza quanto de comida, ele me conhece, sabia.

Todo o dia a mesma coisa: me levanto, me adormeço, sem enxergar a poesia intrínseca das partes desprendidas da penca. Vejo a prosa solta, essa destrambelhada vejo e ouço se multiplicando pelo mundo como um casal de coelhos.

Os homens da Verdade assentam-se conosco em semicírculo. Os meses passam, as mulheres engordam e emagrecem, os homens pensam que sabem e decidem, a bola voa para o terreno do vizinho, ô diacho! o menino solta um palavrão ferino, eu rio, caudalosamente, rio, meu rio, o que é mesmo que eu dizia? Ah! me lembro, eu falava de palavrões e meninos, dessas mulheres elásticas, desses homens previsíveis. Ah! me lembro, eu falava da tal prosa fecundíssima, eu procurava a poesia indiscernível aos meus olhos míopes, eu ia atrás dela.

Mergulho

Nesta madrugada estonteante de 3 de junho, fria e extremamente cheia de estrelas, recuso-me a pensar no que quer que seja. Cercada pelo cortinado azul e pelo meu destino quase inacessível, persigo as sombras do que chamo de "ai de mim", um pensamento esbaforido e lamuriante (aparece todas as vezes em que a ocasião se me aparenta dolorosa).

Meu espanto maior acontece agora: ele não vem quando o chamo.

Continuo à espreita e, enquanto isso, tento acompanhar um companheiro do primeiro, um lampejo de lembrança que me assaltou no último instante, vou atrás, insisto, tento de novo, mesmo sabendo que neste escuro mal sou capaz de dar dois passos, menos ainda cair lá dentro num mergulho.

Em campo fértil maduram-se espigas; eu tenho paciência.

Licor de cassis em sorvete de creme

No vaso verde de riscos oblíquos, plantei muda de gerânio, pegou. No sorvete, mais água que leite. Congelou, degelou; congelou, degelou. No movimento, o denso separou-se do mais límpido, como costuma ocorrer entre nós.

Ela tem motivos de sobra pra querer esquecer o passado. Ela os tem aos borbotões, às canaletas, aos oceanos, mar morto salgado sem seres viventes, caiu ali, morreu. Ela tem motivos de sobra pra suspirar a toda a hora: sofri demais da conta. E não o diz. Eu abro a boca querendo gritar por ela, contar por ela, ela faz sinal pra mim: guarda a língua, cerra a boca, muda de assunto, idiotice relembrar tempestade, maus tempos, maus-tratos, choro copioso, gente inabilitada, tormento, amesquinhamento, ruindades e mais ruindades, FORA! – Água suja passou, que venha a limpa! – ela diz e se acredita imune a reincidências infelizes.

Água limpa virá pra empurrar o estrago, virá sim, e virá porque é tempo, já passa da hora, porque chega de ficar atolada em memória, quero ver o lamaçal escorrendo pela estrada, eu decido. Água nova virá como veio o alago, como veio a enchente. Pode vir, venha mesmo, acho ótimo, e leve com você tudo o que prendi, tudo o que me dói, água limpa, água clara! Arraste tudo, leve pra sempre, água boa, água nova, nunca mais deixe voltar o lamaçal! Eu lhe cedo com gosto o meu rastro inteiro, acredite, tenho coragem de me desfazer de minha história. Mas lhe peço, isso eu lhe imploro com todas as minhas forças, com toda a minha alma: venha forte, muito forte, senão não arrasta é nada...

Maria das Dores

Papai, mamãe, filhinho, filhinha, todos bem comportadinhos, cheiramos a sabonete comprado em supermercado. Um dia, esquecemos o guarda-chuva eterno e tomamos uma tempestade que varreu todas as boas maneiras da face da Terra; retornamos, num instante, ao inferno geral: esbarrão, pisada, empurrão, sai da frente que é minha vez, tomei, sim, por quê? *POR QUÊ?* E instalou-se o caos.

E veio o gelo, veio o frio, depois um medo terrível, vendavais e vendavais. Deus cochichou-me interiormente: "Deixo as árvores quase desfalecidas no inverno para desejarem viver novamente."

De sofrimento sabemos todas, tanto as feias e as bonitas, as sozinhas e as não-sozinhas. As solitárias sabem mais.

Ora o são, ora o insano

Não vale dizer-se um instrumento da vida unicamente pra fugir à autoria. Não ser acontece com poucos, muito poucos, só com os corajosos que a si mesmos abandonam.

– Dê-me um sonho. Dê-me o sopro de um sonho, e viverei.

– Não fuja, infeliz, não é preciso ver o sol de frente. Sair da sombra já mostra coragem.

Uso óculos e insisto em idéias tão comezinhas como quem assiste ao mesmo programa de TV de segunda a sábado, contente.

O casaco. O casaco com três botões. Longo discurso e o casaco com três botões, o que mais me chamou a atenção. Falava da boca pra fora cuspindo mentiras. Quem se sentou na fileira da frente saiu todo molhado

Que lobo?

Dizer não sei tem-me sido tão deleitoso que chego a me exceder. Dorme-se grande, acorda-se tacanho, sina da raça humana.

Ser original pode parecer traição à humanidade. Diferentes devem normalizar-se sob pena de se tornarem alvos fáceis.

Está certo que o lobo uiva e o rebanho deve ficar sob o comando do pastor que se mantém acordado. O rebanho deve permanecer quieto, gordo e calmo.

Eu ouvi quando o pastor recomendou às ovelhas:

– Permaneçam neste local, não saiam das imediações, aqui por perto passeia o lobo, qualquer descuido e, zápt!

– Zápt? – inquiriu uma ovelha.

– Como assim? – tornou a inquirir. (Ovelha inquire e bale.)

Eu vi quando o pastor, apoiando-se no cajado, pensou sobre a resposta mais convincente e verdadeira. Observei a ovelha interessada esperando; o lobo, a uma certa distância, rindo e aguardando a oportunidade.

Eu vi quando os senhores da guarda cochicharam apontando pra mim:

– Aquela mulher que escreve vai acabar atiçando o fogo do mal e atraindo o inimigo...

Eu vi. Eu vi. Eu vi dentro de mim na hora. O mal que me corrói, o mal que me destrói a força pra lutar na pouca chance de escapar se esconde em mim. Eu vi meu lobo.

Holofote

Meu mundo é pequeniníssimo: uma porta que dá para fora, um muro cinza exigindo reforma, árvores e mais árvores.

Grande é meu olhar de fora para dentro. Ao contrário.

Dunas

Contenta-te, não com pouco ou o mínimo ou o máximo; com o que te basta, contenta-te. Cada um tem sua medida, eu tenho minha enxada. Cavando, cavando, cavando, dá pra abrir um poço.

Tenho fome e acho ouro, vejo ouro por todo lado, tenho fome, troco ouro por comida, mas ninguém tem mais nada!

– Fala, Pedro! Fala!

Ele não gosta de falar.

E depois de tantos gritos, de surras e tanta culpa, de luta e de não consegue, de sonhar pro outro tudo:

– Deixa eu ser só o que sou, mãe. Deixa eu ser...

Cantiga de todo filho, que mal se fez um dia ouvir, cantiga pras mães quase todas.

Esquivamente

Eterno é sábado de manhã, o mundo ficou de fora, o sofá tem um recosto bom para o pescoço, a vida perdeu o medo, eu examino, a distância, o estado das coisas e entre um minuto e outro ele diz que sempre digo nada sobre qualquer coisa, que evito a todo o custo a interseção, o encontro das duas linhas no ângulo.

Escarpas

Pai, mil vezes Vos peço, não me deixeis o caminho tão apertado; voar me ajudaria se eu fosse um pássaro; de outra espécie sendo, cabe-me mais que bater asas; o aperto é aqui dentro; procuro na estante ao lado algo grandioso que me dê contentamento, e há, e há outro, e mais um; impressionante como se muda de estado tão facilmente, tão flagrantemente: sólido, rígido, impiedoso, amoroso, sangue de barata, espinho atravessado, beato, saltitante, arrebatado, quase chego, quase toco, eu me encosto em feliz da vida, meu Pai, e – agora – por piedade, dai-me um parapeito bem feito, uma encosta boa, um amparo, Pai meu, que começo a derrapagem...

A MEDONHA

Quando a angústia chega, me acautelo. Chamo-a pelo nome com respeito, falo baixo, ando pouco, espero, observo-a. Com a ponta dos dedos vou tocando nela, vou me aproximando, vou fechando o cerco, sempre com bastante reserva, pois cada vez que me encosta grito de dores! Assim fico observando-a horas e horas. Tento atraí-la pra fora ou tento contê-la ali mesmo, devagar, calmamente, sem medo de morrer, embora angústia mate, sem risco de matá-la, que não morre à-toa, fico em cima, de olho nela, até que se vai embora.

Quando a tristeza chega, é bem mais leve. Apresenta motivos claros, vem chorosa, fungando, essa criança bela. Chego a ter pena, sensível que é. Inteligência mostra de cara, mas fico firme em minha estabilidade, apoiada nos dois pés. Horas e horas mexe em minha casa, revira o passado, bagunça os armários, enfia a mão nos bolsos dos coletes, no arquivo da memória, quer achar papéis, justificativas, falas, sempre buscando declarar-me vítima, eu é que não aceito! Apresenta provas, consegue isso, essa insensata! Quando recuso, explica, inventa, então ficamos as duas envolvidas nesse liga e desliga lembranças até que a uma certa altura se cansa e se desarma. Então minha reação é imediata: enlaço-a em meu colo, canto pra ela, declamo versos doces, levo-a a passeio, daí pra ir embora é um pulo, um salto.

Quando a impaciência chega, eu a percebo logo. Recebo-a imediatamente, assunto-a da porta. Que é? Veio pra quê? Por quê? Que houve? Fale! E ela responde com um esplendor de naturalidade e absurda franqueza que põe à mostra nossa ligação ancestral, nossa amizade forte, sou da cozinha dela, ela é da minha casa, rimos às gargalhadas em cada rápido encontro, são freqüentes, botamos as notícias em dia e as queixas em ordem, tomamos um café com alguns biscoitos ou torta, e ela se vai alegre, renitente, despachada, volto depois, ok? *OK? OOOK?* Ok, respondo.

Quando a raiva estrondosa chega, já chega me atropelando. Passa por cima de mim, cospe-me, xinga-me, dá socos em meu estômago, bate em minha cara, fico fazendo vômitos o dia inteiro, da sala pro quarto, do quarto pra sala, viro outra pessoa, completamente diferente! Com medo de ser triturada, então reajo, levanto o dedo em seu nariz, dou-lhe o troco na hora, ela põe meus podres pra fora sem olhar quem está perto, então xingo-lhe toda, e a briga vai crescendo de uma maneira tão descontrolada que chego a ficar sem ar, sem gás, sem luz, chego a esquecer meu nome! Quando a raiva me apanha é guerra certa, inevitável, tento agarrá-la com as mãos, mas num minuto me escapa. Quando a raiva me apanha, apanho dela realmente, não me envergonho de contar, é que ela se acha a tal, essa imperialista, se acha a dona, se julga maior que eu, pensa que vai tomar-me, assumir o governo, deixar-me só fachada, quer dar-me um golpe como faz com vários, com milhões! Quando a raiva me pega, a coisa é feia, é braba, mas eu mostro pra ela um dia quem é a dona, eu mostro pra ela um dia quem é a forte, eu mostro pra ela um dia a minha calma.

Quando a raiva chegar, Deus não me fuja!

Desce daí, moço!

Eu queria ver a Vida do jeito que ela é. Eu queria que ela fosse assim numa hora dessas. Porque só vejo um lado dela, fica difícil, entende? A parte real não a vejo. Eu queria ver a Vida do jeito que ela é: pura, bela, inatacável.

Cortou árvore? Choro. Rio sujo? Padeço. Mas a Vida, na verdade, não é isso, minha gente, a Vida não se submete. A Vida é maior que o homem que sobe na escada todo contente, segura a serra e vai cortando. A Vida está além da peste. A Vida não é a peste. A Vida não é negócio. A Vida não ganha ou perde. A Vida é desde sempre.

Eu queria ver a Vida do jeito que ela é, não como a vejo: o homem amarrado à escada, despedaçando a árvore toda. A árvore não chora, entretanto. Chora, homem, aproveita, busca o arrependimento dos pecados, a árvore não te inveja!

Eu queria de todo o jeito ver a Vida como ela é, discreta, sábia, a distância, olhando a mulher que fala: "Corta esta, pois suja a calçada." Eu queria ver a Vida nessa hora: imperturbável. Nada a despedaça, nada a desintegra, nada toca nela, a não ser a alma de um homem bom que pediu a Deus numa tarde: "Que me falte o braço se eu tocar em Vossa criação de mau jeito."

A Vida não se desintegra. Desce, moço, dessa árvore. Desce daí, sô!

Fuga

– Quantas sombras há que te obnubilam?

– Obnu... o quê? – Gosto sempre de perguntar quando há algo inusual.

A maritaca, querendo comida, me chama:

– Carrac! Carrac!

Hoje não preparei o jantar. Um disco azul, branco e lilás tingiu minha tela toda a tarde. À noite, quando todos se assentaram, zoando os garfos nos pratos e gritando feito esfomeados, peguei minha nave e parti. Ainda recordo que acenei com as duas mãos pra eles, o menino mais novo, assombrado, gritando a vizinha do lado:

– Madrinha Santa! Vem ver!

Vários nãos em única história

Não é a mente ou a cadeira de espaldar alto e glórias. Somente o caminho sinuoso da minha estrada me conduzirá a Mim mesma.

– Queria dizer duas palavras...
– Agora, não!
– Queria dizer só duas ...
– AGORA, NÃO!!!

Não me queiras bem, não me queiras mal, veja-te em Mim e já será muita coisa.

Não tenho que ser perfeita, apenas observar o intervalo entre duas respirações.

Fuso horário

Constantino:
o destino do elefante na selva,
com suas presas preciosas,
é tão trágico quanto o nosso.
Poderosa jamais fui, por isso não mando,
eu mesma faço talhos na madeira
que lixo e olho,
lixo e olho,
lixo de novo, olho e cavaco mais fundo.
Constantino:
aqui é quase noite. Deve ser um pouco mais tarde
agora
na África.

Confiança

Eu vou para onde meu Poder Maior mandar e por esta crescente manda-me, essa Voz, a direção alguma. Ela pede: permaneça assim, indeterminada e consentida.

A nêspera faz-me lembrar o pêssego e isso é o máximo que consigo dizer agora, agora que a lua se escondeu e pesa-me até levantar um dedo tal o sossego leve que em mim percebo.

A violeta morre por falta de água e zelo, a agenda informa endereços bons e desagradáveis, eu rezo pela alma de meu tio que um dia afirmou "nos encontraremos no paraíso"; o paraíso pode ser aqui ou aí onde estás, meu tio; eu choro porque a dor de dentro supera a da aparência, eu enxerguei a tristeza no velho homem assentado em minha sala de trabalho, uma tristeza assim dessas de carne e osso, bem física e medonha.

O passatempo da existência é ver a vida buscar contentamento. Contentamento só há um, só há um. Quem encontrou dois mentiu ou se enganou. Foi distração, foi distração que encontrou.

Enfrentamento

Duas faltas se encontraram. Todas as duas do lado de fora da casa. Disse a primeira:

– Entre na frente.

– Não – respondeu a segunda –, entre você que já conhece a dona.

Ficaram as duas alguns minutos decidindo quem faria o ato de coragem quando a porta se abriu e apareceu o senhor da casa com ar de ódio e furor implacável, e não sei por que cargas d'água fui me lembrar disso agora, justo neste instante em que tenho que atravessar o portão e enfrentar a onça, e a onça é brava e morde e mata e vou.

Recital de canto estranho

Brilho demais cega, diria minha avó, feche os olhos vez ou outra, dissolva-se na escuridão, acostume-se com os transtornos, suba e desça escadas com a mesma serenidade e disposição, a lua muda quatro vezes de fase ao mês sem amedrontar-se porque se sabe inteira, desnecessário desculpar-se quando na minguante, acolha bem a nova, não se agarre à crescente, evite prender-se à atração do que quer que seja, solte-se, desprenda-se de si, dê lugar ao Outro, dê lugar ao Outro que lhe habita em silêncio, diria minha avó, diria minha mãe, diria eu mesma ao filho meu se soubesse: primeiro, o que é ser sem ser – morrer em vida em nome do Amor, do Absoluto Amor –; depois, contar, contar por simbolismos, descrevê-Lo em êxtases a quem quisesse ouvir-me, o que não se corre o risco de encontrar nas esquinas, ou nas ruas, ou nas casas, nas empresas, ninguém quer perder tempo com isso não...

Segredos fartos

Perdi tanto tempo, tantos anos triste, que hoje recomendo aos amigos que se abstenham desse mal desnecessário.

Posso falar mais seco, posso falar mais frio, enxugando os ais e os suspiros, de forma que fique uma fala racional e técnica, fica melhor assim?

Há o desenho antigo de um sapato da Turquia, a história de Pitágoras em sua busca contínua da Verdade, mesmo a tendo encontrado, o café cheira, recolho os cacos de telha, junto as folhas no quintal depois do furacão.

Hoje o dia foi quieto porque ontem foi pesado e Deus sabe o quanto precisamos de sossego após a tempestade, que não agüentamos tempo excessivo na aflição, não agüentamos. Deus sabe mais de nós que tudo que sabemos. Deus sabe que me esforço até um tanto, depois paro e bato em retirada, preciso descansar! Ou me queixo e me exalto num estardalhaço que cansa os descansados. Ah, é um escarcéu, não queiram me assistir! E nem à metade chego do que posso, antes disso me arranco para um canto – sou prevenida –, sabe pra quê? Pra eu me recuperar.

Pra lá de dez passos, um vasto caminho; após o caminho, um comprido de um vale; no fundo do vale, algumas altas montanhas; além das montanhas, muitas nuvens, muitas nuvens; e acima, o que vejo? Pode parar! Pode parar! Pode parar que ainda me encontro longe, me encontro aqui, retoma assim: Pra lá de dez passos, um vasto caminho; eu sigo, eu sigo, eu sigo...

Pegadas originais

Nada tome ao pé da letra. Nem meu exemplo. Menos ainda minhas palavras, muito menos. Nada tome sem sua própria descoberta, seja a que pé, seja a que letra.

Não fica bem um homem de camisa xadrez e calça roxa listrada, já lhe expliquei. O que me compraz é que o tempo tudo descora.

Gravidez da mulher louca

Na barriga grande, mais uma criatura se prepara pra enfrentar a briga brava, a insanidade dobrada – do mundo e da mãe. Se der sorte, sobrevive, pra tentar decifrar o enigma ou morrer delirando.

Gentilezas

Precisamos ser cuidadosos.

Precisamos ser cuidadosos.

Mais que cuidadosos: extremamente amáveis.

Muito mais que amáveis: serenos por dentro, que por fora seremos.

Caso contrário, só me resta recomendar que não se assente muito na beirada do mundo, que ele ameaça cair e arrastar o primeiro, o segundo, o terceiro, o quarto, a sala, o escritório virtual, as damas, os senhores cavalheiros, nem tão damas, nem tanto assim cavalheiros, nem tão gentis, nem tão assim irmanados, fizemos do mundo uma latrina, mal dividida, e já cheira.

Olhar pousado na árvore

A dor de garganta perseguia o pássaro sem tréguas. Aonde ia, o sofrimento o seguia, constante, grudento, implacável. Tratou-se com pastilhas, emplastros, chá de ervas, apelou ao veterinário, sem o menor resultado. Desconhecendo meios de curar-se, resolveu desconsiderar o mal e resistir cantando.

Para que a voz saísse da maneira habitual, teve que se esforçar e, com isso, chegou a um modo de gorjear mais atento: concentrava-se inteiramente, fechava os olhos, caía a cabeça para trás, se esquecia do resto. Houve gente que estancou a pressa para admirar o espetáculo.

Viveu o tanto que vive um pássaro normal, cantou até a sua última tarde, sempre mais aprimorado, cada vez mais belo, chegou ao extraordinário, acompanhei pela minha janela, manhã após manhã.

No mais, tudo correu como ocorre normalmente com os pássaros, como acontece geralmente com os pássaros que voam, cantam e levam pedradas, tudo igual, tudo exatamente igual sem tirar nem pôr, de um modo excessivamente comum, tremendamente banal.

Segunda escola

O mal do homem se restringe ao homem, não alcança Deus. Não adianta chorar o leite derramado, o sonho perdido, os burros n'água. Isso é distração pra desiludidos. Quem sabe um pouco reconhece que agora é mãos à obra, recomeçar, e calado.

Eu falo assim e nada sei também, mas isso eu soube. E fico contente comigo, com os burros molhando as trouxas, com o coice da vaca derrubando o leite gordo, com a desilusão.

Escolas? Tive, sim, senhor, por muitas horas. O que foi que aprendi? De tudo um pouco – do mundo e do corpo, pouquíssimo da alma. Relembro o dois mais dois, as diferenças, os revoltados, os vaidosos, os poderosos da sangrenta história, esses eu estudo, estudei sempre. O que pouco aprendi, porém, eu digo alto, é o principal: a paz é o lugar do homem, não o sofrimento.

O que não aprendi, vim aprender depois. Venho aprendendo em doses calmas, lições de dentro, em exercícios de atenção constante, bravíssimo exercício, permanente. Quem não gosta desse tipo de escola reclama do excessivo silêncio de quem fala. É assim: o que não aprendi e hoje busco em ânsia e o recebo em raríssimas gotículas da mais profunda essência é o que me faz uma desesperadora de uma falta.

Algemas

Sorte a do bem-te-vi seu canto agudo desagradar, se muito perto: mantém-se livre do meu cativeiro.

A mulher anseia por uma estante de mogno, bate o pé, insiste feio. O homem olha os cabelos encaracolados do filho pequeno e faz as contas do que seria a vida apenas com ele mesmo. Muito pouca esperança resta pra cada lado da escolha, muito pouca e ele conhece, pois a escolha em fuga feroz de incômodo constante se transforma em penitência. Mostra ares de castigo, suas mós, seus moinhos triturando: Quis assim? Quis aqui? Quis de novo? Pois o tenha. DEUS O TENHA!!

O texto toma um rumo soturno que não gosto e o ateio ao dramático da música, à portentosa força do costume, à eficácia das forças negativas sobre o já humano sentimento de impotência; sensível sou – NÃO SEJA! – ela me grita de forma convincente. – Não seja! Seja lúcida! – repete. – Lúcida! Viva! Dona de si, pelo menos!

O homem olha lá fora o dia quente, faz menção de partir, faz menção de ficar, balança o corpo sem sentir o vaguear (lá aqui ou lá mais longe?), ajeita a roupa, apanha a bolsa, em um minuto chega à porta em passo definitivo:

– Vamos, mulher, vamos comprar a estante de mogno antes que a promoção termine.

Nunca exatamente como

É pra escrever poesia, então escrevo. Pra realizar percurso, realizo. Se pra ficar calada, demora um pouco, mas o silêncio chega. Os sinos da igreja tocam impreterivelmente às seis horas. Se há vento frio, uso o cobertor. Se é noite escura, recorro à luz de dentro, me ilumina, enquanto recomeço as partituras ou rezo ave-marias no terço de sementes de azeitona.

Eu diria que tudo é mais ou menos como sonho. Tudo é mais ou menos como escrevo, como falo, como sinto, como espalho, como penso que seja. Um pouco mais ou um pouco menos, com mínimo desvio.

Tudo assim é, tenho a mais absoluta certeza.

Poda e desidratação

– Estou abanando a cabeça, mas não significa que concordo com você.

– Eu também estou abanando a minha.

Dê-me um tempo, um... dois... três... quatro..., devo contar até dez, antes que a inconsciência me invada e eu cometa mais bobagens do que precisaria normalmente.

Podei pé de buganvília, hera de muro de folhas miúdas e minha vaidade que crescia feito rama de chuchu.

Depois dessas confidências, estarei em suas mãos, você me verá como sou: um sertão árido e cactus, ressequida, maltratada, um joão-ninguém em meio a uma batalha, tão parecida com os outros, igual demais, meu Deus, como sou igual!

Sistema binário

Estou aqui contando o troco. Não me sinto maior ou menor que antes, a voz é que me falha em algum momento, me surpreende isso.

– Escape, escape do sonho – ele recomenda de novo.

Eu me viro em sua direção com olhos morteiros:

– Por que tanta luta por nós? Isso me confunde...

Quem tem muitos filhos normalmente dorme pouco, sou mãe de cinco. Na hora do lanche, o coro declama:

– Isso tá bom! Aquilo tá ruim!

O ruim esconde-se atrás da porta e apodera-se do que procura mais descanso.

Eu conto as moedas do troco, eu escrevo no quadro: *Chegarei mais tarde, não me esperem antes das onze.*

– Isso tá bom! Aquilo tá ruim!

Faz dezenove anos que a filha dele partiu, ficou um oco na face que mostra a esqualidez do coração.

Do balaio cheio de milho, pego espiga por espiga que meu pai desfaz no moedor. Definitivamente sabugo se afasta da palha.

– Isso tá bom! Aquilo tá ruim!

Estrelas parecem todas sóis com luz particular e quando me engano é um deus-nos-acuda pra consertar a confiança de quem a depositou em mim, porque quis, porque quis, eu a fiz ver que sou humana e fraca e recaio no hábito do auto-esquecimento vinte e quatro horas por dia ou mais, daí minha boca aberta relatando segredos que não me pertencem, daí minha goela impiedosa lançando fogo, o que alcanço capim queimado vai se tornando, haja água pra tanto incêndio, haja pedido de desculpas!

Caso 1 de força e grandeza

Vale a pena tocar o barco, embora seja livre o naufrágio, disse ela pra ele que queria partir mais cedo e de modo não convencional. Eu achei bonito o dito em meio às outras cem palavras que pronunciou. Eu anotei a frase num canto de página, a idéia do barco navegando, navegando, aproximando-se do porto mais ou menos naturalmente, mais ou menos conduzido pelo dono, imaginei o conteúdo da coragem persistente, eu, que sempre quis dar conta do que quer que fosse, arranquei leite de pedras, tirei forças de onde não tinha pra chegar aonde devia, – eu – entendi perfeitamente o que ela quis dizer e gostei e, se tivesse que falar um dia a alguém palavras dentro de igual contexto, seria este o meu começo: vale a pena tocar o barco, mesmo um barco bem precário, mesmo tendo barco feio, margem torta, leito fundo, mesmo quando faz escuro, até num dia assim como este em que tudo de mim diz não ao que ocorre em mim e à minha volta, ainda assim e mais por isso, vale a pena tocar o barco do começo ao último minuto, com o máximo gosto, com toda a esperança, e então sair a desbravar distâncias, a cruzar fronteiras, a procurar atalhos quando conveniente, a alcançar estrelas, mesmo as mais distantes, e de repente despencar-se aos prantos cachoeira abaixo até finalmente afundar-se em um lago, um lago de profunda paz, lá você descansa.

Vale a pena tocar o barco, disse ela pra ele, um se segurando ao outro, ela falando baixo, muito baixo, ao filho recostado no seu colo, eu não disse nada, eu não disse nada, nem uma palavra, nem uma palavra, só olhei lá fora a fileira de ciprestes no jardim vagamente alumiado, meus olhos entornando um nó cravado em minha garganta, de um lado ao outro, feito uma espada...

CASO 2 DE FORÇA E GRANDEZA

Vale a pena tocar o barco, embora seja livre o naufrágio, e isso você já sabe e fico repetindo atordoada como se não houvesse mais nada a declarar, mais nada a lhe dizer. Do dito todo fica a frase feita, de tudo dito fica o coração, unicamente este meu coração batendo forte, amando mal, mal guarda a alma, vive inquieto sofrendo muito e só sossega quando a Vida chega, se ajeita nele, descansa nele, põe meus chinelos, toma meu nome, anda meus passos, me diz assim: "Descansa. Eu vou". Do dito todo, sobram o jeito bom, a vontade forte, a palavra dada, e quando eu digo dada é porque honrada; quando eu digo forte, a nada se iguala; quando eu digo bom é bom, é bom, é É.

De tudo dito sobra a Vida, o É. O resto é figurinha, *persona,* teatrinho, aparência; quero não.

Quarta macaca

Aos três macacos distintos, uma quarta se ajunta e fica: não vejo, não ouço, não falo, perdi peso ultimamente e meu colesterol é alto. Qualquer que seja o motivo, não estou, não posso, não agüento. Poupem-me das ocorrências, poupem-me de seus incômodos!

Astrônomo

Ô homem que olha o céu, ô homem, ô homem do telescópio, baixe os olhos para mim, esta serva nebulosa, mulher sem brilho próprio, cauda de cometa se desmanchando. Baixe os olhos para mim no chão desta terra. Ô homem do telescópio, ah o céu aqui, homem! Ah o céu ao lado de sua porta, vestido de estampado e amarelo, perguntando onde é a constelação da Ursa Maior, o Mu de Órion, me mostra, me mostra a Andrômeda quando passa pelo Capricórnio, será se estou misturando astrônomo com astrólogo? Não, não precisa se irritar, eu me desculpo logo. Ô homem, ô homem do telescópio, que vasculha o resplendor cósmico em busca de supernovas, galáxias, radiações, Big Bang e outras coisinhas mais sem tanta necessidade assim, amor tá longe não, tá perto, ao lado de sua porta, querendo ver o rabo do cometa que passou, a cara do asteróide que ameaça colidir com a Terra, meu universo precisa do seu, não me deixe extinguir entre nuvens de poeira e hidrogênio, sujeita a um sem-número de explosões. Ô homem do telescópio, de cabeleira longa, olhos devassadores, não demora muito nosso universo se contrairá, e aí será tarde, aí será tarde.

Chegue, volte os olhos à Terra, observe, ao lado de sua porta, com vestido de flores e sandálias vermelhas, me puxe, me leve com você, me pegue pelo Braço de Perseu que eu vou...

Jogral

Foi bom ter sido assim, aliás, não foi tão bom, mas já que foi, foi bom ter sido penoso como foi.

Foi bom ter sido assim, aliás, fácil não foi, mas já que foi, foi bom ter sido difícil como foi.

O que faltou, por certo não me era necessário, eu quero crer, preciso crer assim.

O que passou, passou além da conta, se entornou pelas bordas, saturou-me o excesso e certamente menos que isso não me teria bastado em igual tempo.

O que desconforta e tira o brilho da própria queixa é que todos temos motivos plausíveis de lamento; todos, perdão, quase todos, temos vírus e vermes, uma mancha escondida, um caso mal contado, uma rasteira dada, uma encrenca feia, convém desconhecer os detalhes, desconheça.

Sorte é estar perdido e encontrar-se, ainda em vida. Foi bom ter sido pontas de lança como foi, porque já foi. Fácil não foi, foi bom, *rock and roll*, balanço, rodopio, grito, safanão e toma tento, vê se aprende!

Todo caminho é pra dentro. Todo caminho é absolutamente pra dentro e isso não se discute, eu não discuto, eu me recuso a perder tempo ruminando contrários. Foi bom ter sido difícil como foi, porque foi, porque é, e por ter sido penosamente difícil como foi é que pude chegar ao lugar onde estou, justamente à estrada por onde eu vou, o caminho exato que devo seguir se eu quiser compreender quem eu sou, se eu quiser compreender clara e profundamente quem sou eu, e eu quero.

Miragem

Duas faltas se encontraram. Todas as duas buscando água, com sede de Verdade. Uma, calma, tentando ver em volta; a outra, ofegante, agitada, procurando.

Andaram, andaram, andaram e descobriram o mistério mais ou menos à mesma hora: uma, à tarde; a outra, à noite.

Muita chuva correu por sobre a ponte, caiu barranco, valas se abriram, impediu-se a estrada. Apesar disso, quando uma pensa em angu, a outra sabe o gosto da rapa.

Vez ou outra conversam. Gastam discurso pequeno. O que uma vai contar, a seguinte dita o texto, todo o texto até o último ponto. Quando ocorre de uma delas passar perto, a outra vê nitidamente, em detalhes. Impressionante, eu fico impressionada com a estranha intuição, com tamanha afinidade, parece mentira, sonho, será sonho? Quem sabe alucinação das mais dementes? Eu me confundo às vezes, também ela, ela também. Também? Eu me perco em doentias interrogações: Quem sou? Quem ela é? Por que essa coincidência de percepções?

Verei o que fazer. Atinarei com a solução. Alcançarei o oásis, o fim, o prêmio, a eternidade; ela também. Ela também verá, encontrará o poço, vejo que se aproxima, estende as mãos em concha, vai beber a água, que água! QUE ÁGUA! Minha sede se vai, que sede! SEDE? Quem falou em sede? Quem é que tinha sede? Ela? Eu? Quem é que fala?

Fantasia alucinante

Nada é algo tão profundo que devia ser buscado incessantemente. Cada um devia preencher-se dele meia hora por dia e, ao seu contato, esvaziar-se do miolo grosso de espuma, bicho de pelúcia.

Nada – ao contrário do imponente tudo ou de algo qualquer – é particular, profundo; traz em si a essência que o tudo perdeu, eu não disse enchimento.

Nada nos pertence, nada nos consola, nada nos enaltece mais, nada representa tanto, nada quis e tenho tanto, nada sabia e fui capaz.

Eletrizante o clima do cinema escuro, a moça apaixonada correndo, o rapaz bonito correndo atrás, torço pelo segundo, ele quer aprisioná-la para sempre (engano de aprendizes e de imaturos), torço pelo segundo, preciso de um final feliz, *happy end*, *grande finale*, sentimento grandioso ainda que temporário, chega de não suporto, de virar as costas, de jogar os ombros, de tanto faz, faça o que você quiser, eu quero um pouco de luta, aceito toda a luta que me cabe, mas quero um final feliz.

Destinos

A mulher que canta diferente fala de um mundo que não é o meu. Meu mundo não tem lagos, mulher. Meu mundo não semeia arroz. Meu mundo não tem pagode de dois andares e torre. Essa sua serenidade espantosa não vejo por aqui.

Meu mundo tem um travesseiro de espuma antialérgica, um outro com o contorno da cabeça pra diminuir as dores, encosto os dois na parede e espero Deus. Assim mesmo.

Meu mundo tem um copo d'água no criado e um sonífero verde, pode tomar a metade, ele falou, nos piores dias tomei. Meu mundo tem a janela gradeada, às vezes acordo e a lua anda mais rápido nessas horas do que mais cedo. Eu penso: daqui a pouco clareia e não dormi.

Meu mundo tem famosos e comuns, tem um olho aqui e outro nos arredores, tem tremores, tem medo, tem muito medo, mulher. Meu mundo não tem um búfalo puxando arado no pântano, mas tem serpente que engole outra, antropofagia, entende? Meu mundo tem a parte dos fundos mostrada para a frente, mas a gente se acostuma a tudo, até isso deu certo, ora, veja!

Meu mundo não tem o silêncio daí, a canoa estreita atravessando lentamente os tanques de peixes, você cantando. Não. Meu mundo, ao contrário, gosta de alto-falantes, dois, três, altas horas da noite, som aberto, a moça, no hospital, queria dormir, não pôde.

Fica até parecendo que padeço. Engano seu. Poucos levam vida tão boa. Só não durmo, sinto dores, tenho medo, não canto como você. Meu mundo é este: verde e roxo. Poucos têm tanta sorte. Meu mundo é uma roda girando – amigos, vinhos, queijos, livros –, conversamos noite a dentro ouvindo música de indiscutível gosto.

Seu mundo não tem comida pronta, tem? Seu mundo não tem jardim-de-inverno, tem? E *chaise-longue*, já viu alguma?

Comprei uma terra longe, vou pra lá. Meu mundo é assim: deleitoso. Deixa a gente livre, sozinha, a gente pode ir e vir, ir e voltar, ir e ficar, ficar e voltar, cada um faz o que quer, ninguém se importa com o outro, cada um sofre o que quer, cada um faz o que pode, bom, né?

Meu mundo é bem diferente, mulher, e viemos para a mesma coisa.

Compaixão tristonha

Em meio aos maus-tratos, um lampejo de bem. Um bem hamburguesado, espremido entre dois males, doentio, ardiloso, reação. Bem a que os braços não se abrem, tamanho o padecimento de quem é agraciado.

Chorei com pena até de quem m'o ofereceu.

Minúcias celestiais

O pó de um esfumaçado do cosmo pode conter um bilhão de estrelas. A mulher de Siridônio reclama da poeira atrás da porta. Ela afirma o contrário. Ela disse, assim que cheguei:

– Não busca, que não encontrarás. Deus foi injusto ao distribuir riquezas: a uns, pouco; a outros, nada.

Um de meus professores era extraordinário, misturava leis e permissões, criador e criações, não distinguindo origens. Quando alguém perguntava: "O que é mais, isso ou aquilo?", ele apresentava uma resposta enxuta e clara: "Só olhe. Não proteja."

Na cozinha tão pequena tem um filtro com água fresca, uma bancada de pedra, um fogão e uma pia estreita. No quarto, algumas mudas de roupa; ao lado da cama, uma cadeira. Lá fora a brisa sopra nos pinheiros altos, o meu coração transborda, a felicidade é quente e queima.

Lá fora é como aqui dentro, fora é dentro. O Amor ama nos dois, na morada e no terreiro. Nós somos Seu paiol, monturo de coisa velha, pó de serra pra acender o fogo, casca de café noutro canto, tábua pra tudo que é lado do forro. Nós somos Seu paiol, escuro e sem janela, pedaço de casa velha. Se Ele quiser nos visitar, tiro a bagunça, varro o chão, esfrego as telhas, guardo tachos e gamelas, fico na porta, de guardiã. Se Ele quiser, pode ainda derrubar, abrir quintal, pôr casa nova no lugar, morador novo.

Nós somos Seu paiol, pedaço de casa velha à espera de socorro. Casas são outros.

Persistência de queixumeiro

Ele sempre apela para o desprazer. Quer ser triste, quer ser pobre, sandália de dedos faltando pedaços na sola, quer comer o pão que o diabo amassou numa madrugada de domingo, rugindo de raiva e com sono.

E, a par de todas as dificuldades que alguém se obriga a enfrentar numa tal empreitada, tem se saído com êxito insuperável.

Extrapolando

Abuso é isto: você chegando, tomando coisas, pegando espaços, colhendo frutos, decidindo o quê, quando, quem, faça assim, não! Faça aqui. E eu olhando.

Abuso é isto: usar de poder fictício quando se tem apenas força.

Desconcertante

Ronca, barriguinha, ronca.
Ronca, barriguda, ronca.
Come aquele prato de estrogonofe, arroz e legumes,
e o menino pobre olhando pelo vidro do lado de fora
e eu perdendo a fome:
x-u-l-a-p,
x... u... l... a... p...
x... u...
l... a...
p...
Pouco importa o erro dela,
pouco importa o erro meu,
pouco importam nossos erros,
se é que ainda há erro.
Fome há, que eu vejo.

Relativamente

Eu procurava entender como os raios do sol incidem sobre a minha terra no inverno. No equinócio, a luz solar recai diretamente sobre a linha do Equador, ele mostrava, enquanto uma águia voava em torno do pico da montanha, fazia calor no meu rosto, era tudo ao mesmo tempo.

Nas longas sombras do outono, caem as folhas amarelas, as laranjas, as vermelhas, mais ainda as amarelas, causando o chão tom sobre tom. Não aqui. – No Canadá – disseram alguns que lá estiveram. Quando voltaram, acharam meu quintal sujo e estreito, a casa feia, minha vida em frangalhos – ...num abandono execrável, insuportável! – acrescentaram. – Precisa se assumir, pôr as coisas no lugar, se cuidar, se mexer, se atrever mais, Nossa Senhora!

Agulha em palheiro denso

Detalhe: a diferença entre um inteiro e uma falta é que o primeiro existe sim, existe sim, mas é tão raro, tão raro, tão difícil de encontrar que eu vou lhe confessar: na minha vida toda se eu conheci dois foi muito, errei na soma, exagerei na conta e assim mesmo só vi de longe, compreendeu?

A COISA

Duas faltas se encontraram. Ficaram sem assunto nas primeiras sessões, algo não andava, enrodilhava-se, escondia-se, evitava a luz do dia, mas, com persistente esforço e coragem, angústia e choro constantes, avistaram-na, finalmente, a coisa. A causa dos tormentos revelou-se.

À primeira vista, parecia perfeita. Viraram-na e reviraram-na, olharam-lhe a aparência frágil, o ar fugidio, a névoa brilhante, expuseram-na corajosamente, examinaram-na bem de frente, mais de perto, usaram lentes e... que horror! Que coisa pavorosa! A coisa ria! Ria-se a coisa em risada solta, gargalhava-se, balançava-se em riso, sacudia-se toda!

Foi um choque mortal. Um abalo profundo. Um escândalo! Como? Rir – desse jeito! – o que me corroía, o que busquei dia após dia, chamei, desencravei, expus, quase morri, acho que morri, morri, sim, isso é morrer! Logo em mim! essa coisa expandida, alienada, despossuída de sofrimento! Logo em mim que sofro tanto, tão constantemente!

Quedei-me em espanto. Caí sentada, mortificada, imperativa: isso não pode, não acredito, é impossível. Ficamos as duas paralisadas – as duas faltas – sem uma palavra, sem um suspiro, sem dizer esta boca é minha quanto mais algo sensato, até que uma, a que ditava a maior parte dos seguimentos, voltou a si instantaneamente:

– Paremos por hoje. Voltemos a coisa pro seu lugar. Fique ela lá onde sempre esteve e observe seguidamente.

Olhe, observe, precisamos de dados. Que coisa é essa? Como é que vive e se sustenta? De onde provém? Por que ri? A coisa fala? A coisa é válida? Claro que é.

Agradeci, me despedi, abracei a coisa – era impensável nos separarmos; para ser franca, parecia impossível – e eu não sabia o que queria, o que devia fazer, e rumei pra rua atordoada. Mais feia me senti que habitualmente, mais mal-humorada me peguei que o necessário, em praticamente tudo de ruim houve uma piora acentuada.

Chegando à rua, liguei o carro e fui saindo, me conduzindo, me dirigindo em direção ao norte, sempre pro norte, a minha casa fica no norte, num descampado com muito verde e bastante água, ainda tem verde lá, ainda tem água lá, até aonde pude ir eu fui sem determinar, fui porque ia, era costume tomar aquela estrada.

Já quase escuro cheguei ao vale. Logo na entrada do vale aberto vi minha casa, a grama verde no chão extenso, o jardim florido, então senti, então pressenti o que mais temia: a coisa vinha, vinha chegando, se anunciando, eu vi que vinha, então chegou muito lentamente, veio surgindo, se aproximando, veio chegando, eu fui deixando, chegou inteira, feia, aquela risada enorme se firmando em mim, parecia-se comigo – era eu mesma! Credo! –, me abraçou, me apertou com uma força incrível, depois se explodiu numa cascata de risos, numa gargalhada perturbadora, se desmanchando em milhões de pontos, todinha! todinha!, então caí no choro, e fui chorando, e fui chorando, então fui sorrindo em risada solta, e fui dançando, fui gargalhando, então fui rindo, e ria e ri por toda a vida e criaturas, por toda a gente, por nossos povos e suas dores, por nossos pobres, por nossos ricos, pelos bondosos, pelos piores, pelos dementes, pelos sozinhos, pelos tomados e seus algozes, pelos carrascos! Imagine só, eu era escrava! Eu era escrava até agora! Eu fui pertence!, sabia disso? SABIA DISSO??? Eu soube agora.

Eu sei agora, exatamente neste momento em que a profunda imensidão me invadiu, que de existência também se morre.

Eu sei agora.

E a partir daquele dia, chegou o mar à minha terra, deu-se o encontro do mais perdido com o justo dono, os impropérios com as esperanças, os exageros com as misérias, os desesperos se desmanchando, e eu me rendi completamente, completamente apaziguada. E a partir daquele dia eu venho rindo, mas ninguém sabe, nem mesmo os íntimos e mais chegados, qualquer descuido pode ser fatal. Por fora, ah! por fora, tudo normal: problemas longos, testa franzida e luta e luta e põe luta nisso. Por dentro, ah! por dentro, estou perdida. Estou perdida em tão grande alegria que mal suporto, que em certos momentos, se me afasto de tudo, me invade uma felicidade que não vem deste mundo!...

E a partir daquele dia, houve mais nada que eu não amasse: a cor do chão, o cheiro da terra, o barulho estonteante dessa cachoeira, a ave morta, o brejo sujo, a poeira enovelada, as criaturas todas; e houve mais nada que eu não deixasse ficar como quisesse, e houve mais nada que eu quisesse deter chegada a hora, e coisa alguma me faltou se necessária, e coisa nenhuma me prendeu por sequer um segundo, tudo enfim fez-se certo, tudo enfim encaixou-se e essa exatidão natural desfez os obstáculos apagando os limites como eu os via e me atavam, o céu abriu-se inteiro e me alcançou, assim cheguei ao paraíso interno.

E a partir daquele dia, tudo me vem como da forma mais perfeita me viria, sem luta alguma e desejo.

Duas faltas destemidas e arrojadas um dia se encontraram, duas faltas impecáveis, confessadamente faltas, francamente angustiadas, imperfeitas, incompletas, duas metades bem metades, ah! que faltas! tão notáveis!, se esforçando pra alcançar felicidade, pra serem só felicidade, oh! que graça, imensa graça, duas faltas, uma ainda é.

Toque sutil

E todo dia é hora de dizer pra todos: viemos e voltamos. E, como antes, continuo indecisa entre soprar a brasa ou deixar o fogo ir se apagando, há graus terrenos: semivivo, semimorto, meio agreste, obediente; no intermédio permaneço.

Meu segredo guardo a sete chaves e oito trancas, abrindo-se o portão, a dor logo se escancara exibida e falante, por isso me desdobro em vigilância quando alguém me surpreende à entrada; assim que lhe falei o que fiz e que ele jamais esperara, esquinou-me um olhar trespassado de desdém: – E quem você pensa que é?

Eu penso que sendo valente nada preciso temer e me engano cem por cento. De cada cem histórias com final feliz, uma ainda continuou razoável por algumas horas, outras apresentaram imediatamente modificações extenuantes avançando para o desassossego, e a maioria, grande parte realmente, se viu às voltas com tropeços e tropeços, males e males, foi complicado de fato – reclamaram os personagens ao autor –, um encaminhamento imperdoável, isso não se faz!

Eu penso que amanhã pode ser tarde e não apenas eu, porém vários, e embora tanta comunhão de presságios, desconfio que o momento de agora se perdeu enquanto eu matutava, quem acha que viveu perdeu a vida enquanto achava, eu peço a Deus que me retorne sempre de onde eu estiver, de onde fui parar, ao ponto de chegada, o ponto de chegada é aqui, o término da estrada é aqui, pois não há outro lugar senão dentro de mim, onde o inferno se acenda mais quente, em pior tormento, e onde o céu se mostre mais próximo, do que aqui, foi onde o vi rapidamente, foi em mim mesma.

Polígono

Três é um triângulo com vários espaços, dois mais um, um mais um mais um, cantos, vértices, arestas, fechado, mal divisível, raramente equilátero, suficiente, perfeito, estável, Pai-Filho-Espírito Santo – Santíssima Trindade – , conduza-nos ao Uno, que nos reparte em vários.

O que se encerra em si encontra o outro: eu vi, senti, provei, que mais direi? Respondo-te: acerca-te de ti, não há três, não há um, concentra-te. Há todos, há tantos quantos há que haver e houver pra sempre. Viemos pra ver isso, pra descobrir, cada um em si, o que o liga ao outro. Voltar sem ver é pena, é perda, é desperdício dos maiores.

Espere

Eu não sou o que pareço ser. Eu não sou o que desejo ser. Eu não sou o que demonstro ser por A+B, diplomas, conceitos, quadros na parede, essas comprovações todas. O que sou, eu só o saberei quando este falso eu se for, e não há data marcada para a ida dele. "A vida é um sonho", disse o homem. "Acordem! Acordem!"

Espere um pouco. Antes, quero trocar de veste, juntar os poemas que mais gosto numa capa transparente, colher meia dúzia de rosas, levar pra ele. Segunda coisa: espere. Quero botar um brinco, sair descalça, deixar todos os deveres, todos, todos, todos! E aí ouvir de novo as palavras de Jacó, dançando valsa: "A vida é boa nestas horas; o resto, o resto é luta em vão."

"A vida é um sonho", repete, cá dentro, em minha alma chorando, repete o homem que acordou.

Narciso em Águas Claras

Quando me comparo a alguém, estou sempre acima ou abaixo, empate raro ocorre rápido, tremenda coincidência! Que espantoso! Por que não mais iguais? Por que não semelhantes?

Porque a variedade tem a incumbência da perplexidade, da surpresa, e me contenho logo, antes que pereça de bobagens. Logo quem!?

Logo eu pra contar vantagem, pra mostrar que falando alto me imponho assobradada, isto é, acima dos terrenos nivelados. Quem foi que disse que tudo tem seu preço? Disseram. Meu preço é este: o que falar devo sentir primeiro, senão é falso, devo estar junto ao texto, estou aqui, a mão reclama, o tronco se exaure, as veias pedem solta-nos, liberta-nos, sofremos!

É imperioso. É inadiável. Deixo-te à margem.

Coragem

Cedo o remoinho parou de levantar poeira. Podia ter voltado para casa aproveitando a estação amena e não o fiz. Continuei atravessando o mundo atrás de minha verdadeira identidade: sítios, auditórios, anfiteatros, ermidas, templos, palácios, imensos inesgotáveis salões.

Meninos e meninas: vejam o que vocês seguirão. Há pegadas e pegadas. Não sigam as primeiras nem as segundas. Dêem seus próprios passos enquanto é cedo e ainda não se renderam.